本科经管类实践与应用型规划教材

证券投资实训

证券模拟实战对抗

主　编 ⊙ 刘　平

副主编 ⊙ 全占岐　刘　龙

清华大学出版社

北　京

内 容 简 介

本书从证券投资实践教学的实际需要出发，坚持科学性、应用性与先进性的统一，坚持理论与实践相结合，将网上与上交所和深交所同步进行的证券实时买卖系统和行情系统引入教学，使学生在几近真实的证券投资买卖竞赛中得到锻炼、启发和提高。这是一般独立封闭的模拟系统所无法比拟的；且额外投资甚少，只要有可上网的计算机教室即可进行。

本书将通常所用的实训任务书、实训指导书和实训报告书"三册合一"，既适合作为大学生证券投资实训的实践教材，又可作为证券投资培训的学员用书，也适合广大投资者或投资爱好者自我训练提高所用。

本书封面贴有清华大学出版社防伪标签，无标签者不得销售。

版权所有，侵权必究。侵权举报电话：010-62782989 13701121933

图书在版编目（CIP）数据

证券投资实训：证券模拟实战对抗/刘平主编．—北京：清华大学出版社，2011.11
（本科经管类实践与应用型规划教材）
ISBN 978-7-302-27181-9

Ⅰ.①证…　Ⅱ.①刘…　Ⅲ.①证券投资－高等学校－教材　Ⅳ.①F830.91

中国版本图书馆 CIP 数据核字（2011）第 219741 号

责任编辑：梁云慈
责任校对：王荣静
责任印制：李红英

出版发行：清华大学出版社　　　　　　　　　　地　　　址：北京清华大学学研大厦 A 座
　　　　　http://www.tup.com.cn　　　　　　邮　　　编：100084
　　　　　社　总　机：010-62770175　　　　　邮　　　购：010-62786544
　　　　　投稿与读者服务：010-62776969，c-service@tup.tsinghua.edu.cn
　　　　　质　量　反　馈：010-62772015，zhiliang@tup.tsinghua.edu.cn

印　装　者：北京国马印刷厂
经　　　销：全国新华书店
开　　　本：185×260　印　张：9　字　数：180 千字
版　　　次：2011 年 11 月第 1 版　　印　　　次：2011 年 11 月第 1 次印刷
印　　　数：1～4000
定　　　价：20.00 元

产品编号：041350-01

证券投资实训
证券模拟实战对抗

（学生用书）

姓　　名：_____

班　　级：_____

学　　号：_____

组　　别：_____

组　　名：_____

角　　色：_____

指导教师：_____

实训时间：_____

前　言 ▨

　　证券模拟实战对抗是以上海证券交易所和深圳证券交易所 A 股股票市场交易为基础数据,通过网上模拟交易平台进行投资。称其为实战对抗是因为该实训的股票买卖是在沪深股票交易的实际时间以真实的价格和手续费用实时成交,与实际的股票买卖并无二致;而称其为模拟则是因为开户过程、资金注入和实际买卖的股票是模拟的。

　　模拟交易市场一般为每个投资团队提供相同数额的起始资金,每组队员可以用这些资金进行股票委托买卖。模拟实战对抗的特色在于加入了各个团队间的竞赛,将各团队成员的实训成绩同模拟实战交易取得的收益联系在一起。团队的成绩越好,团队成员的均值成绩越好;反之团队成绩如果不好,团队成员的均值成绩也相对较差。这样不仅使原本枯燥的模拟交易变得竞争氛围浓厚,还能增强团队成员间的凝聚力,只有团队成员相互配合,团队才能够取得好成绩。

　　证券模拟实战对抗包括 4 个基本环节:设定目标(首先给学生创造一种跟现实一样的证券交易环境,然后由学生自己设定在整个实战对抗中要达到的目标)、方法探讨(通过团队成员共同商议来完成)、实践运用(学生将商议得出的投资策略应用于具体的投资中,观察取得的投资收益,随时根据具体情况进行调整,最终形成一个属于自己的投资理念,这是体验式教学的归宿)、交流提高(实现由实践到理论的二次升华)。

　　体验式学习的重点是参与实践活动和体会团队协作的乐趣,强调学生在实践过程中的自我管理和相互管理。合作学习是一种非常有效的学习方式,根据实战对抗实训具体内容的需要,把学生分成若干团队进行投资竞赛,使每个学生都有机会利用团队协作的优势,并且找到自己在团队中的位置,寻求发挥自己最大作用的途径。让学生共同构建投资理念,共享集体思维的成果,实训过程中进行组员之间的合作及其团队之间的交流和沟通,使每个人、每个团队在合作中共享投资知识,在合作中产生各种新奇的投资方法,这样既使学生充分发挥了主动学习的积极性,也有利于培养团队精神。

　　在证券模拟投资实训中简化了投资团队的组织结构。通常每个证券投资团队由3～5人组成,其中设投资经理一人,负责领导整个团队;另外还有操盘手、财务总监、人力资源总监等角色,分别承担团队内相应的管理职能。所有人都是投资分析师。

　　在实训过程中,采用的是学生自我管理和相互管理,指导教师从旁监督的管理模式。每个团队都有各自不同的投资目标和投资理念,因此在实训过程中他们选择投资模式也会有很大的差别。每个学生按照自己的目标和团队的目标各自进行行业板块研究,投资经理对整个团队进行管理,组员间进行相互监督,这样既可以发挥教师的指导作用,又可以给学生最大的自由发挥空间,保证各团队投资目标的实现。

本书介绍的证券模拟实战对抗有如下显著特点。

1. 经济合理性

通常的证券模拟交易实训课程,要想达到好的教学效果,往往需要投入大量的资金购置专门的证券模拟交易软件,然后在一个相对封闭的实验室里进行证券交易。这样做看起来好像很规范,很符合学生的要求,但其存在的缺点却是显而易见的。首先是缺乏真实性;其次是前期投入较大。一套完善的投资模拟软件需要十几万元甚至几十万元的投入,实际的利用率却不是很高,而且需要不断更新。

本书介绍的证券模拟实战对抗实训可以有效避免这些缺陷。首先,证券模拟实战对抗需要的硬件条件很简单,只要有一个可以连接互联网的一般常用计算机实验室就可以进行本证券模拟交易实训了。实验室里安装有足够数量的计算机组成的局域网(保证每个投资团队有一台计算机供使用),并且可以上网,再加上一台教师用的计算机和一台投影仪,这样,所需要的硬件条件就足够了。实训过程中,主要利用网络提供的证券模拟交易平台,再加上一个常用的证券投资分析常用软件(网上可免费下载),软件条件也就具备了。

2. 真实性强

证券模拟实战对抗的最大优点就在于它使用的是几乎和现实中证券市场一样的真实证券交易平台和真实的证券交易业务流程。证券模拟交易实战对抗利用财讯网、叩富网或网易等提供的模拟交易平台,这个模拟交易平台采用的是和现实证券交易完全一样的交易规则,利用的数据是和沪深证券交易所同步的行情信息,在交易过程中按照两个交易所的成交价格在模拟平台上进行交易,这样就使模拟市场的交易与真实市场的交易处于同样的状态。

证券模拟实战对抗的交易过程是和现实证券交易一样的真实业务流程。证券模拟交易实战对抗的交易时间也是和证券交易所的时间完全同步的,包括每一天的开盘和收盘的时间、节假日的休息时间等都完全一样;证券交易的规则也是一样的,包括证券买卖的方式、证券竞价的方式、证券成交的确定、不能透支及买空卖空、T+1(当天买入的股票当天不能抛出)、交易费用与国家现行制度完全统一等。这样学生就会产生一种在真实环境里交易的感觉。

3. 突出实战性

证券模拟实战对抗特别突出了团队间的对抗环节,是这个实训的最大特点之一。一般的证券投资实训都是学生单独地进行证券交易,重点放在让学生熟悉证券交易的过程,掌握如何进行证券交易开户、如何买卖股票、如何计算交易费用、如何利用各种行情分析方法进行行情分析等。而证券模拟实战对抗不仅可以让学生学到这些,还增加了以团队进行比赛对抗的方式,提高学生实际投资能力的环节,以实战对抗的方式增加学生对于每一手交易的重视程度。在整个实训过程中,各团队都将时刻关注自己对手的投资收益情况,分析自己在整个竞争中的地位。团队在投资过程中取得的名次与团队的均值成绩联系在一起,这样就增加了学生在实训过程中的重视程度,任何一次失误的判断都有可能断送整个团队几周的努力。通过这种对抗可以有效减少在实训过程中学生随意买进和卖出股票的现象。

4. 内容安排上的合理性

证券交易实战对抗实训的内容安排非常合理,这个实训不仅安排了模拟实战对抗的环节,还专门设计了一系列实战对抗用的表格。通过各个表格填写,各团队可以更加明确自己的投资目的、投资理念、投资规划,随时记录自己的每一笔交易过程等;各个组员可以随时记录分析的行业板块和各个股票的信息等。这样在整个实战对抗过程中,每一名学生都可以发挥自己的能力,得到充分的锻炼。

另外,实训过程中还增加了团队间的沟通和交流的内容,在每一天的实训过程中安排了在开盘前证券交易知识分享和收盘后当日操作总结与次日预测的部分。通过各个投资团队投资交流,可以相互学习取长补短,不断改进自己的投资策略,达到共同提高的目的。

5. 探究式的学习方法

证券投资实战对抗实训力戒刻板的学习方法,它给学生提供了较大的创新思维的自由空间。在本实训教学过程中,学生根据自己的能力和爱好自选投资行业和股票,自己确定购买股票的种类、买卖的时间和投资策略等,学生可以充分运用自己所掌握的知识和技能,淋漓尽致地发挥自己的聪明才智。

证券模拟实战对抗实训课程以体验式教学方式成为继传统式教学和案例式教学之后深受学生欢迎的又一典型实用的教学方法。该实训课程可以强化受训者的证券投资知识,训练证券投资技能,全面提高受训者的综合素质。其融合理论与实践于一体、集角色扮演与岗位体验于一身的设计思路新颖独到,使受训者在参与、体验中完成从知识到技能的一次转化,在操盘后的总结交流中再完成从实践到理论的二次升华。

本书定位为学生用书。学生用书与教师用书的主要区别在于:教师用书理论部分需要比较全面和深入的论述,以利于教师能够真正掌握其精华与实质,便于在实践中指导学生,而操作表格的部分相对比较简洁。学生用书正好相反,理论和规则的部分力求简洁,只要够用就行,而操作表格的部分则要求具体丰富,每个角色都要有与实际相结合的专业表格,便于学生填写记录。

本书分为三大部分。

第 1 章导入篇,是在指导教师的指导下,认识什么是证券投资实战对抗,了解所要用到的系统,在老师的指导下进行开户,了解相关软件的使用,掌握竞赛规则和证券投资规则。

第 2 章操作篇,是为受训者 2～6 周(通常为 4 周)的投资竞赛所作的准备,分为投资经理、操盘手、财务总监、人力资源经理和投资分析师等部分,供不同角色的受训者使用。在受训者开始竞赛前,一定要认真阅读第 2 章的开篇语,这对有效运营非常重要。

第 3 章总结篇,主要是为受训者总结交流作准备,以达到最大提升的目的。分为日常记录、对实盘操作的再思考、改进工作的思路、受训者总结、实战对抗竞赛总结与交流、指导教师点评与分析等部分。

为了开阔视野,引发受训者的思考,提升学习效果,各章均编入了一些阅读文章。另外还在网上提供了 3 篇阅读文章,分别是"理财新思维:奔向财务自由"、"如何使你的财富有效增值"、"家庭投资漫谈。"读者可到 http://www.tup.com.cn 下载。

本书将通常实训所用的实训任务书、实训指导书和实训报告书"三册合一"。在 1.1 节和 1.2 节中阐述了本实训的意义、目的和任务;第 3 章为实训报告记录及撰写实训报告作指引;以第 1 章为主,全书均为实训指导的具体内容;第 2 章为实训操作指引和分角色操作过程记录。

本书由沈阳理工大学应用技术学院刘平教授起草写作大纲并担任主编,辽宁科技学院管理学院全占岐副教授、沈阳理工大学应用技术学院刘龙老师担任副主编。具体分工如下:全占岐参与了第 2 章 2.1～2.2、2.8 节和第 3 章 3.1～3.7 节的编写;刘龙参与了第 2 章 2.3～2.7 节的编写;方芳参与了第 1 章 1.8～1.10 节和第 2 章 2.9～2.10 节的编写;窦乐参与了第 1 章 1.5 节和第 2 章 2.5～2.6 节的编写;王春花参与了第 1 章 1.6 节和第 3 章 3.10 节的编写。最后,由刘平教授通读全书,并作了适当修改。

本书的编辑、出版得到了清华大学出版社的热情鼓励和大力支持,也得到了沈阳理工大学应用技术学院、辽宁科技学院等院校的积极支持和密切配合,在此一并表示衷心的感谢!

写书和出书在某种程度上来说也是一种"遗憾"的事情。由于种种缘由,每每在书稿完成之后,总能发现缺憾之处,本书也不例外。诚恳希望读者在阅读本书的过程中,指出存在的缺点和错误,并提出宝贵的指导意见,这是对作者的最高奖赏和鼓励。我们将在修订或重印时,将读者反馈的意见和建议体现出来。作者邮箱:liuping661005@126.com,谢谢广大读者的厚爱!

编 者

2011 年 8 月

CONTENTS

目　录

第1章 导入篇

只有认真准备,才能游刃有余。

只有正确对待,才能获得收获。

只有积极参与,才能分享成就。

1.1 开篇语

随着信息技术的发展,证券投资方式发生了深刻的变革。无论是投资分析、信息采集,还是证券交易,都已经摆脱了传统方式的种种局限,变得简单、自助、方便、快捷。借助网络系统,人们可以随心所欲地观察证券行情,捕捉瞬间变化,采集市场信息,进行大势研判,作出投资选择,完成证券买卖。所有这一切表明,仅仅掌握书本上的专业理论是远远不够的,还必须接受系统的专业训练,拥有进行证券投资所必需的各种能力。

如何才能将证券投资理论和实际更好地结合在一起,形成理论与实践的内在联系从而进行训练呢?显然,应该是理论学习和实际训练的有机结合。一种能力的形成取决于训练的质量,质量的保证需要建立在严格、规范的基础上。

证券投资实训的意义就在于它能够培养学生的这种能力,证券模拟(交易)实战对抗能够提供给学生一个几近真实的实践平台,除了开户和证券资金存取等少数环节,与真实的证券网上买卖基本一致。

然而,利用网络进行证券模拟实战对抗毕竟与真实的证券交易有所不同,这就需要有以下认知:一是认清我们是在模拟证券交易,因此难免与实际情况有所区别,碰到这种情况要能正确分析,妥善对待。二是要有争强好胜的斗志。虽然是模拟交易,切不可简单地当做游戏,要有"假戏真做"的态度,才能真正得到锻炼和提高。三是要正确对待自己的角色。在团队里每个人都会担当不同的角色,每个角色也都有其他角色不可替代的作用,因此每个角色都是重要的,都是值得重视和珍惜的,都应认真做好。

➡ **投资箴言(众说纷纭):**

如果一时找不到合适的投资品种,就等待吧,等待是价值投资的精髓。合适的价位总会在未来的某个时间出现。

机会永远存在,你要有这个耐心,把资金放在那里,等着大机会的出现。大部分人是做不到这一点的。

活着才是第一位的。投资的精髓是复利,只要保住本金,然后每年都有一个稳定的收益,哪怕回报很低,多少年后也是相当惊人的。

1.2 实训的目的和任务

1.2.1 实训性质和任务

证券投资实训是与证券投资学、证券投资技术分析等课程配套的实训课程。该实训课程以证券投资实务为主线，以网上买卖竞赛为特点，以专业能力训练为目的，对证券投资知识，证券软件下载、安装与使用，行情分析方法与操作，系统软件功能介绍，技术分析方法与应用，网上证券委托，证券投资模拟，网上信息采集等实务内容及操作要领进行系统训练和操作，以达到对证券投资学理论和方法的深入理解与灵活运用。

证券投资实训要求组织学生认真学习证券投资的基本知识和证券技术分析的基本理论，能够熟练运用这些知识和理论分析证券投资市场的变化和发展趋势。在此基础上指导学生以分组模拟实战对抗的方式，通过网络模拟系统进行模拟实战操作，使学生进一步熟悉并掌握证券投资的基本程序，进而提高学生对大盘走势及个股行情的分析和预测能力，并最终实现对理论知识认识和理解的升华。

指导教师应有意识地培养、锻炼学生的以下能力：

(1) 在短期调研中快速收集掌握必要信息的能力；

(2) 初步掌握证券投资基本分析的内容和方法；

(3) 重点掌握证券投资技术分析的主要内容和方法及其综合运用；

(4) 撰写实训报告和总结提高的能力。

1.2.2 实训教学目的

通过证券投资实训，使学生掌握如何对证券行情进行分析，如何根据股票大盘走势进行相应的操作，以获取更高的投资收益。把平时所学的基础理论，如 K 线理论、切线理论、形态理论、波浪理论、循环周期理论以及技术分析指标等运用到实际操作中，实现课程教学中理论与实践的有机统一，真正做到学以致用。

通过该实训，应使学生获得以下收获：

(1) 复习并深入了解证券投资的基本知识；

(2) 掌握证券投资的操作方法和流程；

(3) 熟练掌握竞赛规则；

(4) 深刻认识所担任角色的作用和任务；

(5) 按照证券投资交易流程，履行所担任的职责；

➡ **投资箴言(众说纷纭)：**

不是每个人都能在股市中赚钱的，除了专业水准较高的投资者之外，千万不要把自己的全部家当押在股市上。

耐心等待，一直等到你看到，或者发现，或者碰到，或者通过研究发掘到你觉得稳如探囊取物的东西，这时你唯一要做的事情就是走过去把钱拾起来。

（6）团队协作，努力争取竞赛的胜利；

（7）做好实训总结，获得最大的收获；

（8）理论联系实际，用所学的证券投资分析方法指导自己的证券投资活动，完成从感性投资到理性投资的跨越。

1.2.3　实训内容

主要实训内容是组织学生分组在网上模拟实际投资对抗并做好交流总结。

（1）网上模拟交易操作：掌握网上模拟账户的开设和使用方法。

（2）证券投资基本面分析方法的实际运用：初步运用宏观分析、行业分析和企业分析方法。

（3）证券投资技术分析方法的实际运用：重点掌握主要技术分析理论和方法的具体应用。

（4）网上资讯的收集和分析：了解我国证券市场和证券交易的实际情况，学会对网上信息进行甄别和利用。

（5）总结和交流：分为组内交流和班级交流。这是让实训升华的重点。

1.2.4　实训方式

主要实训方式是组织学生分组在网上模拟实际投资对抗。模拟买卖在上海证券交易所和深圳证券交易所挂牌交易的 A 股股票。模拟交易的资金为系统给定的账面资金，以人民币为单位，具体数额以证券模拟交易软件给出的交易金额为基准。学生在指导教师的带领下分成若干小组，组成投资管理团队，利用证券模拟投资交易，进行直接竞赛对抗。每个学生在模拟投资中都将担任一定的角色。

1. 分组组成投资团队

每个班的学生分为 10 组，每组 4 人，组成 10 个投资团队，作为参赛的竞赛单位。每个团队设投资经理 1 人，其余为投资团队成员，可设基本面分析员、技术分析员和大势分析员等角色或按行业设投资分析员，如银行、石化、酒类、高科技、地产、汽车、钢铁、有色金属等。

2. 开设模拟投资账户

每个团队在网上开设一个模拟投资账户供竞赛用。

3. 模拟对抗竞赛

各组以相同的起始资金进行投资，在竞赛结束时以当日收盘后投资组合价值的高低决定胜负。

▶ **投资箴言（众说纷纭）：**

在证券市场里，应该把"人弃我取，人取我予"作为一种最基本思维方式来运用，在别人贪婪时谨慎一些，在别人恐惧时大胆一些。

买入靠信心，持有靠耐心，卖出靠决心。

只有持股才能赚大钱。

4. 总结交流

分为组内交流和班级交流。这是通过本次实训使参赛学生的理论知识和实操能力得到升华的重点。

为保证实训效果,对学生提出实训程序上的一些基本要求和注意事项,要求学生在买进或卖出某一股票前必须进行认真分析,并把交易过程和结果记录在相应的证券交易模拟控制表中。重点在于对本次实训进行团队和小组间的交流,以达到更好掌握证券交易知识的目的。

1.2.5 时间安排

本实训主要分为 4 个阶段,各阶段建议安排如下。

第一阶段,实训动员阶段。一般安排在周一上午。主要进行实训动员、介绍本次实训的竞赛规则、证券模拟交易流程和团队划分等工作。在确定投资经理和组员以后,指导教师要就实战对抗进行讲解,使各团队了解实战对抗竞赛规则,熟悉和掌握开户过程,能够简单地操作行情软件,并就行情软件和所取得的账户进行演练操作。各团队能够演练股票的买卖操作过程,以便接下来的模拟实战对抗竞赛顺利进行。

第二阶段,实战对抗前的操盘训练阶段。一般两周的实训安排在周一的下午进行,四周的实训可以多安排一天,指导教师也可以根据实训时间的安排不同进行调整。在这一阶段先进行竞赛前的开户准备工作,然后就证券交易过程进行反复的演练。在这一阶段应要求学生尽量多进行交易的操作,以便更快地熟悉证券交易规则和方法。

第三阶段,证券模拟实战对抗阶段。按照竞赛规则在指导教师的监控下,学生进行证券模拟交易竞赛。此阶段应安排尽可能多一些的时间。

第四阶段,总结提升阶段。一般两周的实训安排一天,四周的实训安排两天。各投资团队内部的总结一般安排在竞赛结束前一天进行,由每个学生按照实训总结报告的要求撰写报告,并进行团队内部的总结。整个实训的总结安排在实训最后一天进行,各投资团队派代表做主旨发言,总结实战对抗的成败得失,指导教师做必要的点评与指引,允许并鼓励学生个别发言,谈感受和体验。

以上为参考时间安排。具体时间以指导教师公布的时间为准。

1.2.6 实训要求

(1) 每个学生参与所有的实训流程,并承担一个具体的工作岗位。

(2) 实训前要认真学习本实训手册的相关内容,明确实训目的、内容和相关要求,确保实训效果。

➡ **投资箴言(众说纷纭):**

企业价值决定股票长期价格。

要想在研究股票时保持平常心,必须要有一套对股票价格高低的判断标准,即使使用的是一些简单的判断标准也没关系,重要的是你一定要拥有。

（3）在实训过程中，要端正实训态度和树立良好的团队精神。

（4）在实训过程中，要特别注意人身和财务的安全。

（5）遵守实训纪律，保证按时出勤，并完成相关任务；遵守国家法律法规，遵守实训教室的相关规定，听从安排。

（6）做好实训记录，记好实训日记，为撰写实训报告做好准备工作。

（7）做好开盘前和收盘后的交流准备。

（8）认真撰写个人实训报告和小组实训报告，字数分别不少于 3 000 字和 4 000 字。小组实训报告与该团队投资经理的个人实训报告合一。

个人实训报告的内容包括实训过程中参与的工作，遇到的问题，本次实训的收获、提高和心得，对今后实训的建议等，重点要突出对所选择的重点实训岗位的认识。小组实训报告的内容包括投资经营情况和过程、投资策略和指导原则、成功的经验总结、存在的失误和原因分析、意见和建议等。

1.2.7　组织管理

（1）学生分组由指导教师根据实际情况掌握。

（2）角色分工由各团队自行协商产生。

（3）在实训期间，各模拟投资团队的投资经理应管理好各团队成员。

1.2.8　成绩考核

本次实训成绩可依据以下几个方面综合给出：

（1）小组竞赛成绩；

（2）团队内排名、参与程度和对团队的贡献；

（3）学生在实训中的表现、遵守实训纪律的情况；

（4）实训报告的写作情况。

实训成绩按照优、良、中、及格、不及格 5 级记分制评定。

1.2.9　实训所需设备、设施

本实训所需的设备和设施如下：

（1）计算机局域网络，保证每个投资团队有一台计算机可用；

（2）教师用计算机和投影设备；

（3）可以上互联网。

➡ 投资箴言（众说纷纭）：

不要轻易地预测市场。判断股价到达什么水准，比预测多久才会到达某种水准容易，准确预测短期走势的几率很难超过 60%，如果你每次都去尝试，不仅会损失金钱，更会不断损害你的信心。

每次下跌都是大好机会，你可以挑选被风暴吓走的投资者放弃的廉价股票。

好公司＋便宜价格＝买进。

1.3 认识证券模拟实战对抗

1.3.1 证券模拟实战对抗释义

证券模拟实战对抗是以上海证券交易所和深圳证券交易所A股股票市场交易为基础数据，通过网上模拟交易平台进行投资。之所以称其为实战对抗是因为该实训的股票买卖是在沪深股票交易的实际时间以真实的价格和手续费用实时成交，与实际的股票买卖并无二致；而之所以称其为模拟则是因为开户过程、资金注入和实际买卖的股票是模拟的。

模拟交易市场一般为每组选手提供相同数额的起始资金，每组队员可以用这些资金进行股票委托买卖；模拟实战对抗的特色在于加入了各个团队间的竞赛，将各团队成员的实训成绩同模拟实战交易取得的收益联系在一起。团队的成绩越好，团队成员的均值成绩越好；反之团队成绩如果不好，团队成员的均值成绩也相对较差。这样不仅使原本枯燥的模拟交易变得竞争氛围浓厚，还能增加团队成员间的凝聚力，只有团队成员相互配合，团队才会取得好成绩。

证券模拟实战对抗是一种典型的体验式教学方法，旨在把学习主题与学生的实践活动结合起来，引导学生运用协作探讨的方法，在情感的交流、思维的碰撞中进行体验、感悟，使学生逐渐得以熏陶，促进其思维方式趋于成熟。

证券模拟实战对抗包括4个基本环节：设定目标（首先给学生创造一种与现实一样的证券交易环境，然后由学生自己设定在整个实战对抗中要达到的目标）、方法探讨（通过团队成员共同商议来完成）、实践运用（学生将商议得出的投资策略应用于具体的投资中，观察取得的投资收益，随时根据具体情况进行调整，最终形成一个属于自己的投资理念，这是体验式教学的归宿）和交流提高（实现由实践到理论的二次升华）。

体验式学习的重点是参与实践活动和体会团队协作的乐趣，强调学生在实践过程中的自我管理和相互管理。合作学习是一种非常有效的学习方式，根据实战对抗实训具体内容的需要，把学生分成若干团队进行投资竞赛，使每个学生都有机会利用团队协作的优势，并且找到自己在团队中的位置，寻求发挥自己最大作用的途径。让学生共同构建投资理念，共享集体思维的成果，实训过程中进行组员之间的合作及其团队之间的交流和沟通，使每个人、每个团队在合作中共享投资知识，在合作中产生各种新颖的投资方法，这样既使学生充分发挥了主动学习的积极性，也有利于培养团队合作的精神。

在实训过程中，管理方式采用的是学生自我管理和相互管理，指导教师从旁监督的管理模式。每个团队都有各自不同的投资目标和投资理念，因此在实训过程中他们选择投资模式也会有很大的差别。每个学生按照自己的目标和团队的目标各自进行行业板块研究，投

➡ **投资箴言（众说纷纭）：**

真理就是这么简单，但大家并不相信真理就是那么简单。

当市场处于非理性疯狂之时，离大跌就不远了。

"专家"的话常常是错的。因为，很多权威几乎"足不出户"。

只有认真、理性的思考，才能避免在投资中犯一些简单低级的错误。

资经理对整个团队进行管理,组员间进行相互的监督,这样既可以减少教师维持课堂纪律的时间,更有利于发挥教师的指导作用,又可以给学生最大的自由发挥空间,保证各团队投资目标的实现。

这种教学模式的运用要注意两大问题。第一,教师由过去的知识权威转变为与学生平等的参与者和协作者,教师的作用不再体现在传授知识上,而是根据学生的实际情况和实战需要制定教学方案,在课堂上对学生进行评价和指引,因此对教师素质提出了更高的要求。第二,改变评价方式。可考虑采用诊断性评价、过程性评价、终结性评价和学生自评与小组考评相结合的评价方式。

1.3.2　证券模拟实战对抗的特点

证券模拟实战对抗具有如下显著特点:①经济合理性;②真实性强;③实出实战性;④内容安排上的合理性;⑤探究式的学习方法。(具体内容详见前言第Ⅰ页至Ⅲ页。)

1.3.3　证券模拟实战对抗的流程

证券模拟实战对抗是利用网络提供的便利条件,将参加实训的学生放在一个与现实中证券交易系统完全一样的环境中,以分成各个团队进行相互竞赛的方式开展证券交易训练。通常在模拟交易情况下存在学生随意买卖股票不顾及成本收益的问题,这样学生很难真正了解参加证券交易的真实心理过程。而证券交易模拟实战对抗实训可以有效解决这个问题。本实训既可以让学生体会真实的证券交易过程,又可以让学生在竞赛过程中时刻处于与现实证券交易一样紧张的氛围当中,他们必须时刻注意自己团队的收益情况,才能在竞争中顺利胜出。

证券模拟实战对抗的流程一般可以按照以下步骤进行。

1. 组建投资团队

投资团队的建立需要在实训教师的指导下按照参加实训学生的具体情况进行。一般情况下,指导教师可以根据学生对于知识掌握情况将学生分成若干小组。当然也可以采取其他的分组方式,如自由组合和随机组队等。

在证券模拟投资实训中简化了投资团队组织结构的方式。通常每个证券投资团队由3～5人组成,其中设投资经理一人,负责领导整个团队;另外还有操盘手、财务总监、人力资源总监等角色,分别承担团队内相应的管理职能。所有人都是投资分析师。

投资经理的主要职责是负责制定和审核证券投资方案和投资策略,实施证券投资交易。投资经理要重点关注整体战略是否有偏差,并适时带领团队成员做出必要的调整;实现证券投资的交易和买卖;同时严格执行实训的各项规定。投资经理要有责任意识,勇于肩负起领

→ 投资箴言(众说纷纭):

投资绝不是无知者无畏的事,你对股票越理解就越没风险,你不理解的事当然就会觉得风险大。

贪婪和恐惧永远是困扰投资者最大的敌人,市场什么时候到顶,什么时候可以抄底,这永远是困扰投资者的最大问题。

根据美国股市百年发展史,赔平赚的比例是 5∶3∶2。

导重任,对投资策略要善于思考,沉着冷静,果断坚决。投资经理的产生方式一般由各个团队自行推选。

投资分析师的主要任务是负责证券研究,寻找投资机会,推荐投资股票,设计投资方案,给出投资建议,参与所在团队投资策略的制定和完善。为了更好地发挥各个分析师的作用,投资经理可以按照各个分析师的特长,对其职责进行划分。比如可以让每一个分析师专门研究一个或几个(1~3 个)行业或板块的发展情况,对这些行业(板块)的股票进行研究并提出购买(出售)股票的方案。但是不应该将团队投资变成每人选择几只股票形成的投资组合,应在投资经理的主持下,考虑各个分析师的投资意见后进行综合选择,以形成一个真正有效的投资组合。

2. 竞赛前练习

竞赛前练习可以使各个团队熟悉证券交易的基本过程、证券交易的基本规则等,避免在竞赛真正开始后有团队因为不熟悉规则而错误操作造成不必要的损失。这一阶段一般根据实训时间的长短安排 1~2 天的时间。在这段时间里,要求各个团队在投资经理的带领下,尽快熟悉证券交易的过程,包括投资账户的开立,证券买进、卖出的方法,证券行情软件的使用等。

在这个时期里,投资经理一定要带领组员充分利用时间,尽量熟悉各软件的各种功能,尽量多地买进、卖出股票,了解整个竞赛的流程。在练习阶段结束前各团队需要重新申请比赛专用账户,每个团队在整个竞赛过程中只能使用这个专用账户,以保证整个竞赛过程的公平性。

3. 证券模拟交易竞赛

一般在 4 周内进行,每周一至周五,按照竞赛规则在指导教师的监控下,学生进行证券模拟交易竞赛。在这一阶段,各团队在投资经理的带领下按照团队既定的投资计划进行投资。为了使各团队在竞赛过程中能够更好地对团队的投资行为进行分析和实施监控,本书专门设计了 5 个表格,只要各团队能够按照表格的要求进行填写,就可以保证在整个竞赛过程中每个团队成员都能随时了解本团队的投资情况、团队的未来投资取向,以便随时根据实际情况进行投资计划的修正等。这样在竞赛结束后各个团队也能够对团队的投资行为进行认真回顾总结,使学生在整个学习过程中知识和技能得到最大限度的提高。

另外,模拟交易实战对抗实训在竞赛以外还安排了每天股市开盘前的知识分享阶段和每天股市收盘后的分析总结和预测的内容。股市开盘前的知识分享一般这样操作:指导教师在实训分组后,就安排好各团队知识分享的主题(也可以由学生自己决定分享的内容,但需要学生提前跟指导教师定好主题)。利用每天开盘前 30~40 分钟的时间,每天一个团队轮流就他们的主题进行详细的讲解,其他团队的成员可以就这个主题的内容进行提问,由讲解团队的成员解答。这样可以增加学生在竞赛过程中学习的知识量,最大限度地利用实训

→ **投资箴言(众说纷纭):**

股票不是任何时候都可以买卖。宁可错过,也不要做错。

一时在股市上赚点钱并不难,难的是长期在股市赚钱,难的是当你永远离开股市的时候赚了许多钱。常在河边走,就是不湿鞋,应该成为我们努力的方向。一时慢就是一世快!

时间。股市收盘后的分析总结和未来走势预测由各团队在每天股市收盘以后派出一个组员（人员的选择可采取组内轮流的方式）利用三五分钟对当天团队的投资情况进行总结，就当天大盘的走势情况进行分析，并对大盘未来的发展变化进行预测等，这样的总结交流可以使各团队对未来的大盘发展进行更好的分析和判断，对各团队的投资情况有一个基本了解，增加团队间竞争的氛围，也可以及时分享各团队获得的经验和教训。

4. 实训总结与交流

一般安排在实训最后进行，由各投资团队派代表做主旨发言，总结模拟交易的成败得失，指导教师做必要的点评与指引，允许并鼓励学生个别发言，谈感受和体验。需要注意的是尽管这一活动的时间安排在实训的最后，但它真正的开始时间应该是在实训初期，因为只有对实训整个的过程都进行认真记录、仔细分析，这样的总结才是有意义的，否则这一过程很可能变成一个竞赛胜利团队炫耀成绩的过程，也就失去了总结的真正意义。这一阶段应对整个实训过程得到的经验和教训进行交流，包括成功的经验和失败的教训。赢，应该知道赢在哪里，输，应该知道输在何处，知道了输赢背后的道理，每一个团队都是赢家，这才是本次证券模拟实战对抗的真正目的。

1.4 叩富网实战对抗开户过程[①]

首先登录叩富网虚拟投资平台，网址为 http://www.CoFool.com/。打开网页后可以看到如图 1-1 所示页面。

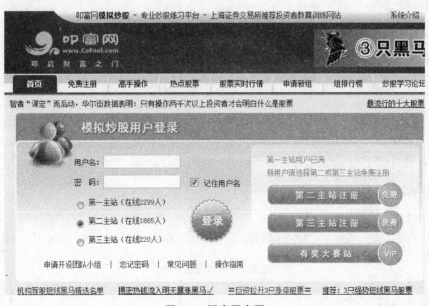

图 1-1 叩富网主页

[①] 本书以叩富网为例讲解开户过程，此外还有财讯网（http://www.caixun.com/）、网易（http://chaogu.money.163.com/）等网站提供的模拟交易，可供选择。

单击"第二主站注册"或者"第三主站注册"按钮(第一主站已经注册满了,以后网站还有可能提供第四主站等,注册的方法一样),可以打开证券模拟注册的页面,进行账户注册。在这里填写相关信息就可以注册了。该页面包含两个部分,用户的基本信息(图 1-2)和附加资料(图 1-3),两部分的内容都需要按照要求仔细填写。

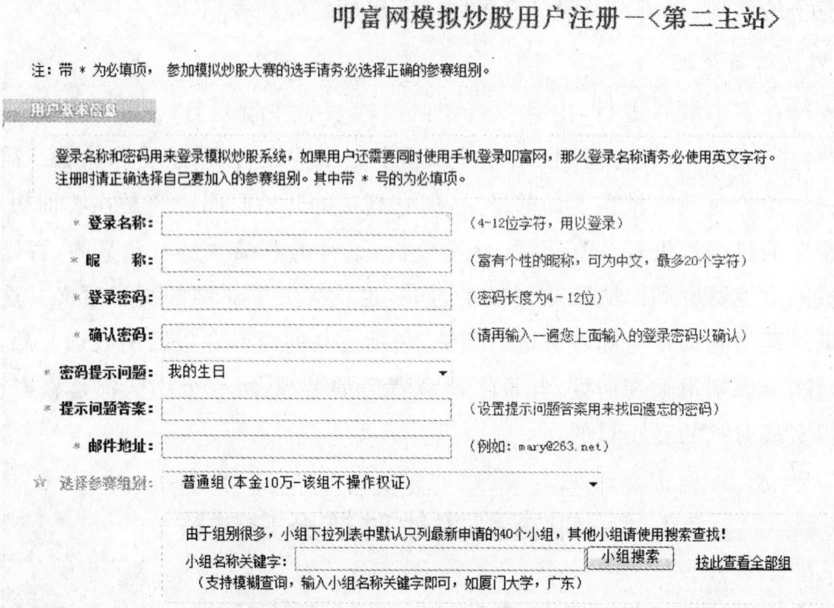

叩富网模拟炒股用户注册-<第二主站>

注:带 * 为必填项, 参加模拟炒股大赛的选手请务必选择正确的参赛组别。

用户基本信息

登录名称和密码用来登录模拟炒股系统,如果用户还需要同时使用手机登录叩富网,那么登录名称请务必使用英文字符。
注册时请正确选择自己要加入的参赛组别。其中带 * 号的为必填项。

* 登录名称:		(4-12位字符,用以登录)
* 昵 称:		(富有个性的昵称,可为中文,最多20个字符)
* 登录密码:		(密码长度为4-12位)
* 确认密码:		(请再输入一遍您上面输入的登录密码以确认)
密码提示问题:	我的生日	
* 提示问题答案:		(设置提示问题答案用来找回遗忘的密码)
* 邮件地址:		(例如:mary@263.net)
☆ 选择参赛组别:	普通组(本金10万-该组不操作权证)	

由于组别很多,小组下拉列表中默认只列最新申请的40个小组,其他小组请使用搜索查找!
小组名称关键字: [   ] [小组搜索] 按此查看全部组
(支持模糊查询,输入小组名称关键字即可,如厦门大学,广东)

图 1-2 用户基本信息页面

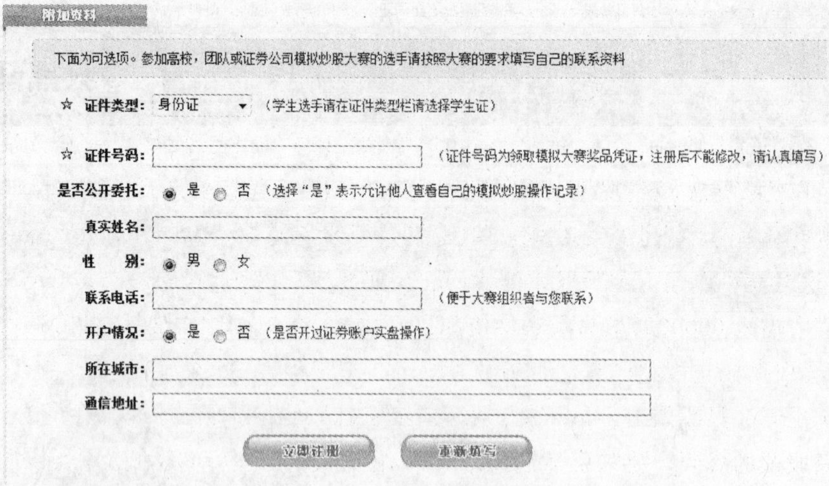

附加资料

下面为可选项。参加高校、团队或证券公司模拟炒股大赛的选手请按照大赛的要求填写自己的联系资料

☆ 证件类型:	身份证	(学生选手请在证件类型栏请选择学生证)
☆ 证件号码:		(证件号码为领取模拟大赛奖品凭证,注册后不能修改,请认真填写)
是否公开委托:	◉ 是 ○ 否	(选择"是"表示允许他人查看自己的模拟炒股操作记录)
真实姓名:		
性 别:	◉ 男 ○ 女	
联系电话:		(便于大赛组织者与您联系)
开户情况:	◉ 是 ○ 否	(是否开户过证券账户实盘操作)
所在城市:		
通信地址:		

[立即注册] [重新填写]

图 1-3 附加资料页面

→ 投资箴言(众说纷纭):

证券史短暂的三四百年相对于人类的历史长河只是一刹那而已,人类在此期间进化之缓慢,几乎等于感觉不到的停滞。证券市场,一直不过是贪婪与恐惧的混合物。以前如此,现在如此,看得见的将来也是如此。

真正的价值投资知易行难。

认真填写登录名称、注册密码、登录邮箱等内容,然后选择想要参与的组别,然后单击"同意以下条款,提交注册申请"按钮后,注册程序就完成了。

注意:填写的电子邮箱地址一定要是真实的,因为在注册后系统会自动发一封邮件到你的邮箱。邮件里有关于你注册的各种信息,包括注册名称和密码。这个注册名称可以长期使用。这样的模拟账户尤其适合金融专业或者对金融感兴趣的学生作为练习股票、外汇等各种模拟投资时使用。

开通模拟交易账户后,再回到主页面或者直接打开网址 http://www.CoFool.com/(图1-1),在网页的上方输入用户名和密码,单击"登录"按钮进行登录。

登录后,可以看到4个模拟交易的按钮,单击网页左侧的"股票模拟交易"按钮,就可以打开模拟交易页面,正式开始模拟股票交易了,如图1-4所示。

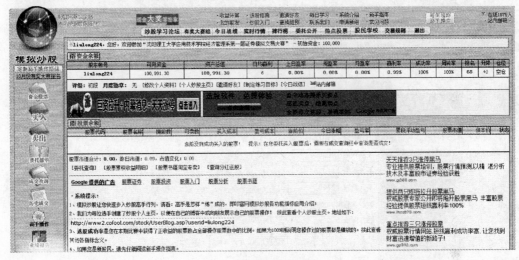

图1-4　模拟交易页面(一)

系统提供了资金股票、买入、卖出、委托撤单、成交查询、历史成交、高手操作、业绩报告等按钮和用户的资金使用情况记录(图1-5),可以根据自己的需要进行使用。

在模拟交易过程中,当要买入某一只股票时,可以单击"买入"按钮,打开买入委托页面(图1-6)。这时就可以输入这只股票的代码。比如要买万科A,它的代码为000002,在股票代码对话框中输入000002,填写买入价格和买入数量,单击"买入"按钮,委托买入指令就完成了,系统会根据成交规则确定能否买到股票。

当要卖出某一只股票时,可以单击"卖出"按钮,打开卖出委托页面(图1-7)。这时就可以输入这只股票的代码。比如仍然选择万科A,它的代码为000002,在股票代码对话框中输入000002,填写卖出价格和卖出数量,单击"卖出"按钮,就完成了委托卖出的指令,系统会根据成交规则确定能否卖出股票。

▷ **投资箴言(众说纷纭):**

赚得清清楚楚的与赚得稀里糊涂的从短期来看几乎有相同的外形:就是"赚钱了"。

长线投资完全不需要太频繁、太勤快的操作。根据一两天的涨跌来判断下一步如何应对,那是短线投机者的事。从这一点意义上来说,愈勤效果反而愈差。

图 1-5 模拟交易页面（二）

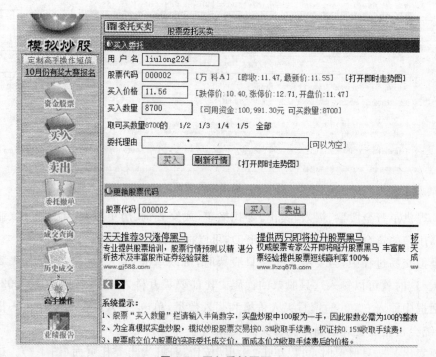

图 1-6 买入委托页面

该网站还提供了委托撤单、成交查询、历史成交、高手操作、业绩报告等功能，可以根据自己的需要进行使用。

➡ 投资箴言（众说纷纭）：

也许短期赚得更多，因为股市永远有信息不对称的时候，提供了很多赚快钱的机会。但是我感觉，真正能够持续地、有效地保持增长，还是价值投资这条路。

索罗斯被大家奉若神明，但每隔几年他就有伤元气的时候。

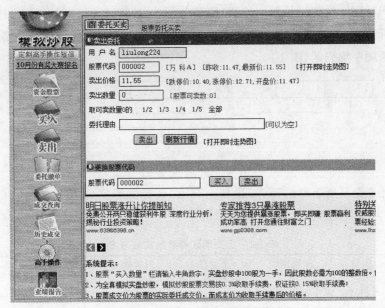

图 1-7　卖出委托页面

【链接】 　　　　　　　　　**叩富网模拟炒股功能介绍**

　　叩富网模拟炒股具有强大的分组比赛功能,模拟炒股的目的在于为用户提供最真实的、最直接的炒股体验。因此叩富网为有需求的炒股团队、机构、大学金融学院、证券公司、股票知识培训学校等开设小组单独进行模拟炒股大赛。新小组可自定义参赛规则、参赛本金,独立计算,单独排名。

　　如果想申请新的模拟炒股组别,需要登录叩富网主页,单击页面上方的申请新组选项,然后按照网站的要求,认真填写叩富网要求的开设新组申请表。如果申请表填写无误,要求合理,叩富网会在两个工作日内为申请者开设新组,然后通过 E-mail 告知申请结果。

　　新小组设立后,如要举办比赛,一般先设置一周时间让选手注册,熟悉比赛环境。在正式比赛日前一天申请将练习成绩统一初始化,即可以正式开赛。

1.5　证券模拟实战对抗基础知识

1.5.1　证券交易的代码

　　每一只上市证券均拥有各自的证券代码,证券与代码一一对应,且证券的代码一旦确定,就不再改变。这主要是便于计算机识别,使用时也比较方便。

⇒ **投资箴言（众说纷纭）:**

　　投机真的不敢说仗仗都赢,以投机的方法是很难持续几十年复利成长的。不像价值投资,一方面可以轻松愉快地工作生活,一方面财富还在不断积累。

　　我们现在做的,就是找到便宜的好股票买进,然后可放心去周游世界,做自己喜欢的事情。我们公司高管每年都有一两个月的时间在外旅游度假,原因很简单,投资是一项智慧的行为,而不是一种负担。

证券代码采用6位阿拉伯数字编码,取值范围为000000～999999。6位代码的前3位为证券种类标识区,其中第一位为证券产品标识,第二位至第三位为证券业务标识,6位代码的后3位为顺序编码区(图1-8)。

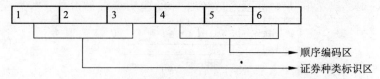

图1-8 证券代码编码规则

在上海证券交易所上市的证券,根据上交所"证券编码实施方案",采用6位数编制方法,前3位数为区别证券品种,具体见表1-1。

表1-1 上交所证券编码实施方案

证券	国债现货	国债回购	企业债券	可转换债券	国债现货	基金
代码	001×××	201×××	110××× 120×××	129××× 100×××	310×××	500××× 550×××
证券	A股	配股	转配股	转配股再配股	转配股再转配股	红利
代码	600×××	700×××	710×××	701×××	711×××	720×××
证券	新股申购	新基金申购	B股	新股配售		
代码	730×××	735×××	9000×××	737×××		

在深圳证券交易所上市的证券,根据深交所证券编码实施方案采取6位编制方法,前2或3位为证券品种区别代码,具体见表1-2。

表1-2 深交所证券编码实施方案

证券	A股	国债现货	国债回购	可转换债券	B股
代码	000×××	10××××	13××××	12××××	200×××
证券	B股权证	转配股权证	投资基金	证券投资基金	
代码	280×××	030×××	174×××	184×××	

1.5.2 证券交易涉及的概念

1. 股票分类

股票是股份有限公司在筹集资本时向出资人发行的股份凭证,代表着其持有者对股份公司的所有权。股票具有以下基本特征:不可偿还性、参与性、收益性、流通性、价格波动性和风险性。

按照股票代表的股东权利划分,股票可以分为普通股股票和优先股股票。

按照持有人的身份不同分为国有股、法人股、社会公众股、外资股。国有股指有权代表

→ 投资箴言(众说纷纭):

买了轻易不卖,卖了轻易不买;看准才动。

少关注其他人同期在做什么,只评价自己干的是不是理智正确的事。

投资其实就是对一些最基本的人生道理的认识。

国家投资的部门或机构以国有资产向公司投资形成的股份,包括以公司现有国有资产折算成的股份。法人股指企业法人或具有法人资格的事业单位和社会团体以其依法可经营的资产向公司非上市流通股权部分投资所形成的股份。社会公众股指我国境内个人和机构,以其合法财产向公司可上市流通股权部分投资所形成的股份。外资股是指国内公司发行的由中国香港、澳门、台湾地区和外国投资者用外币购买的以人民币标价的记名式普通股。

按照发行和上市地区的不同,股票分为人民币普通股股票和人民币特种股票;根据股票上市地区的不同分为 B 股、H 股(注册地在内地、上市地在香港的外资股)和 N 股(中国境内公司在中国境外发行由境外投资者用外币购买并在美国纽约证券交易所上市的股票)。

按照发行股票公司的业绩好坏划分,分为绩优股和垃圾股。绩优股就是业绩优良公司的股票。在我国,投资者衡量绩优股的主要指标是每股税后利润和净资产收益率。与绩优股相对应,垃圾股指的是业绩较差公司的股票。

在中国香港上市的股票有蓝筹股、红筹股和中国概念股之分。蓝筹股就是那些在其所属行业内占有重要支配性地位、业绩优良、成交活跃、红利优厚的大公司股票。红筹股是指香港和国际投资者对在境外注册、在香港上市的那些带有中国大陆概念的股票的称呼。中国概念股是指包括红筹股和在内地投资比例较大的香港本地公司发行的股票。

2. 资本市场和股票市场

(1) 资本市场。资本市场是指证券融资和经营一年以上中长期资金借贷的金融市场。货币市场是经营一年以内短期资金融通的金融市场,资金需求者通过资本市场筹集长期资金,通过货币市场筹集短期资金。

(2) 股票市场。股票市场是股票发行和交易的场所。根据市场的功能划分,可分为发行市场和流通市场。根据市场的组织形式划分,分为场内交易市场和场外交易市场。根据投资者范围不同,分为 A 股市场和 B 股市场。

3. 股票的发行市场和流通市场

股票的发行市场又称为一级市场,指股票的初级市场,在这个市场上投资者可以认购公司发行的股票。通过一级市场,发行人筹措到了公司所需的资金,而投资人则购买了公司的股票,成为公司的股东,实现了储蓄转化为资本的过程。一级市场有以下两个主要特点。

(1) 发行市场是一个抽象市场,其买卖活动并非局限在一个固定的场所。

(2) 发行是一次性的行为,其价格由发行公司决定,并经过有关部门核准。投资人以同一价格购买股票。

股票的流通也称市场二级市场,是已发行股票进行买卖交易的场所。二级市场的主要功能在于有效地集中和分配资金。

→ 投资箴言(众说纷纭):

大众从来没有过向价值投资靠拢的趋势。

做任何一个投资,先不要考虑赢,先要考虑会不会输。

在便宜的时候买进一个好公司,然后长期持有。

（1）促进短期闲散资金转化为长期建设资金。

（2）调节资金供求，引导资金流向，沟通储蓄与投资的融通渠道。

（3）二级市场的股价变动能反映出整个社会的经济情况，有助于提高劳动生产率和新兴产业的兴起。

（4）维持股票的合理价格，交易自由、信息灵通、管理缜密，保证买卖双方的利益都受到严密的保护。已发行的股票一经上市，就进入二级市场。投资人根据自己的判断和需要买进和卖出股票，其交易价格由买卖双方来决定，投资人在同一天中买入股票的价格是不同的。

4. 其余相关概念

开市价又称为开盘价，是指某种证券在证券交易所每个交易日开市后的第一笔买卖成交价格。

收市价又称为收盘价，是指某种证券在证券交易所每个交易日里的最后一笔买卖成交价格。

为了避免人为操控开盘价和收盘价，实际开盘价和收盘价由集合竞价的方式产生。

最高价指某种证券在每个交易日从开市到收市的交易过程中所产生的最高价格。最低价指某种证券在每个交易日从开市到收市的交易过程中所产生的最低价格。

市盈率又称股份收益比率或本益比，是股票市价与其每股收益的比值，计算公式是：

$$市盈率 = \frac{当前每股市场价格}{每股税后利润}$$

换手率也称周转率，指在一定时间内市场中股票转手买卖的频率，也是反映股票流通性强弱的指标之一，其计算公式为：

$$周转率（换手率） = \frac{某一段时期内的成交量}{发行总股数} \times 100\%$$

深证综合指数是深圳证券交易所编制的，以深圳证券交易所挂牌上市的全部股票为计算范围，以发行量为权数的加权综合股价指数。

上证综合指数是上海证券交易所编制的，以上海证券交易所挂牌上市的全部股票为计算范围，以发行量为权数的加权综合股价指数。

深证成分指数是深圳证券交易所编制的一种成分股指数，是从上市的所有股票中抽取具有市场代表性的40家上市公司的股票作为计算对象，并以流通股为权数计算得出的加权股价指数，综合反映深交所上市 A、B 股的股价走势。

上证30指数是上海证券交易所编制的一种成分股指数，是从上市的所有 A 股股票中抽取具有市场代表性的30种样本股票为计算对象，并以流通股数为权数计算得出的加权股价指数，综合反映上海证券交易所全部上市 A 股的股价走势。

⇒ 投资箴言（众说纷纭）：

好多人也知道应该怎么赚钱，但他们就是觉得那个太慢，总想投机一下赚一大把，之后再来做价值投资。

在浮躁的市场中，如果你在低位买进了好股票，就应该像做实业投资一样坚定持有。

那些日日打开电脑注视着涨涨跌跌行情的眼睛，流露出的眼神就是澳门赌场赌徒的眼神。

基本面包括宏观经济运行态势和上市公司基本情况。宏观经济运行态势反映出上市公司整体经营业绩,也为上市公司进一步的发展确定了背景,因此宏观经济与上市公司及相应的股票价格有密切的关系。上市公司的基本面包括财务状况、赢利状况、市场占有率、经营管理体制、人才构成等各个方面。

政策面是指国家针对证券市场的具体政策,例如股市扩容政策、交易规则以及交易成本规定等。

技术面是指反映股价变化的技术指标、走势形态以及 K 线组合等。技术分析有三个前提假设:①市场行为包容一切信息;②价格变化有一定的趋势和规律;③历史会重演。由于认为市场行为包括了所有信息,那么对于宏观面、政策面等因素都可以忽略,而认为股价变化具有规律和历史会重演,就使得以历史交易数据判断未来趋势变得可能。

除权是由于公司股本增加,每股股票所代表的企业实际价值(每股净资产)有所减少,需要在发生该事实之后从股票市场价格中剔除这部分因素,而形成的剔除行为。

除息由于公司股东分配红利,每股股票所代表的企业实际价值(每股净资产)有所减少,需要在发生该事实之后从股票市场价格中剔除这部分因素,而形成的剔除行为。

填权是指在除权除息后的一段时间里,如果多数人对该股看好,该只股票交易市价高于除权(除息)基准价,即股价比除权除息前有所上涨,这种行情称为填权。

贴权是指在除权除息后的一段时间里,如果多数人不看好该股,交易市价低于除权(除息)基准价,即股价比除权除息前有所下降,则为贴权。

每股税后利润又称每股赢利,可用公司税后利润除以公司总股数来计算。

公司净资产代表公司本身拥有的财产,也是股东们在公司中的权益,因此,又叫作股东权益。

净资产收益率是公司税后利润除以净资产得到的百分比率,用以衡量公司运用自有资本的效率。

龙头股指的是某一时期在股票市场的炒作中对同行业板块的其他股票具有影响和号召力的股票,它的涨跌往往对其他同行业板块股票的涨跌起引导和示范作用。龙头股并不是一成不变的,它的地位往往只能维持一段时间。

1.5.3　证券交易规则及管理架构

1. 交易时间

周一至周五(法定休假日除外)

上午 9:30—11:30 ;下午 1:00—3:00。

2. 竞价成交

(1) 竞价原则:价格优先、时间优先。价格较高的买进委托优先于价格较低的买进委

➡ 投资箴言(众说纷纭):

市场正在毫不枯燥地重复它的过去,这也是我们赖以预测的基础。

根据我的经验,市场一直愚不可及,因为投资人常常会忘了过去。

不刻意去预测市场,而是在价值投资的基础之上对市场作出必要的判断。

托,价格较低的卖出委托优先于价格较高的卖出委托;同价位委托,则按时间顺序优先。

(2) 竞价方式:上午 9:15—9:25 进行集合竞价(集中一次处理全部有效委托);上午 9:30—11:30、下午 1:00—3:00 进行连续竞价(对有效委托逐笔处理)。

3. 交易单位

(1) 股票的交易单位为"股",100 股=1 手,委托买入数量必须为 100 股或其整数倍。

(2) 基金的交易单位为"份",100 份=1 手,委托买入数量必须为 100 份或其整数倍。

(3) 国债现券和可转换债券的交易单位为"手",1 000 元面额=1 手,委托买入数量必须为 1 手或其整数倍;

(4) 当委托数量不能全部成交或分红送股时可能出现零股(不足 1 手的为零股),零股只能委托卖出,不能委托买入零股。

4. 报价单位

股票以"股"为报价单位;基金以"份"为报价单位;债券以"手"为报价单位。例如:行情显示"深发展 A"30 元,即"深发展 A"股现价为 30 元/股。

交易委托价格最小变动单位:A 股、基金、债券为人民币 0.01 元;深 B 为港币 0.01 元;沪 B 为美元 0.001 元;上海债券回购为人民币 0.005 元。

5. 涨跌幅限制

在一个交易日内,除首日上市证券外,每只证券的交易价格相对上一个交易日收市价的涨跌幅度不得超过 10%,超过涨跌限价的委托为无效委托。

ST 类股票交易日涨跌幅限制为 5%。ST 类股票即在股票名称前冠以 ST 字样的股票,表示该上市公司最近两年连续亏损,或亏损一年,但净资产跌破面值、公司经营过程中出现重大违法行为等情况之一,交易所对该公司股票交易进行特别处理。

6. 委托撤单

在委托未成交之前,投资者可以撤销委托。

7. T+1 交割

T 表示交易当天,T+1 表示交易日当天的次个交易日。T+1 交易制度指投资者当天买入的证券不能在当天卖出,需待次日进行自动交割过户后方可卖出。(债券当天允许 T+0 回转交易)资金使用上,当天卖出股票的资金回到投资者账户上可以用来买入股票,但不能当天提取,必须到交割后才能提款(A 股为 T+1 交易,B 股为 T+3 交易)。

8. 分红派息及配股

1) 分红派息

分红派息是指上市公司向其股东派发红利和股息。现时深圳证券交易所和上海证券交

⇨ 投资箴言(众说纷纭):

捕捉到好的卖出时机永远比买入时机难(最高点相当长时间内只有一个)。

不做买入决定持现金等待在熊市与牛市都很难(等待是价值投资的精髓);买入后就再也轻易不动与持现金等待一样难。

易所上市公司分红派息的方式有送红股、派现金息、转增红股。投资者应清楚了解上市公司在证监会指定报纸上刊登的分红派息公告书。

投资者领取深沪上市公司红股、股息无须到证券部办理任何手续,只要股权登记日当日收市时仍持有该种股票,都享有分红派息的权利。送红股、转增红股和现金派息都会自动转入投资者的证券账户。所分红股在红股上市日到达投资者账户;所派股息需上市公司划款到账后方可自动转入投资者资金账户内。

2)配股缴款

投资者须清楚了解上市公司的配股说明书。投资者在配股股权登记日收市时持有该种股票,则自动享有配股权利,无须办理登记手续。但在配股缴款期间,投资者必须办理缴款手续,否则缴款期满后配股权自动作废。投资者可通过电话、小键盘、热自助、网上交易等系统进行认购,委托方式与委托买卖股票相同,配股款从资金账户中扣除。

(A)深市配股操作方式:买入配股代码 080×××(即将原股票代码第二位数字改成8)。

(B)沪市配股操作方式:卖出配股代码 700×××(即将原股票代码第一位数字改成7)。

配股认购委托下单后一定要查询是否成交及资金是否扣除以确认缴款是否成功。配股股票须在配股流通上市日方自动划入证券账户。

3)除权除息

股权登记日是确定投资者享有某种股票分红派息及配股权利的日期。投资者在股权登记日后的第一天购入的股票不再享有此次分红派息及配股的权利。但投资者在股权登记日当天购入股票,第二天抛出股票,仍然享有分红派息及配股的权利。在沪市行情显示中,某股票在除权当天在证券名称前记上 XR 表示该股除权;XD 表示除息;DR 表示除权除息。

1.6　证券行情软件的使用

1.6.1　行情软件简介

财讯的模拟交易系统仅仅提供了简单的行情分析功能,如果要获得更多的行情信息,就需要使用专门的行情分析软件配合证券模拟实战对抗进行。这一类行情分析软件很多,以"同花顺"行情软件为例介绍这类软件的使用方法。"同花顺"是一款功能强大的免费网上股票证券交易分析软件,该软件是目前国内行情速度最快,功能最强大,资讯最丰富,操作手感最好的免费股票证券分析软件。"同花顺"以其强大的分析功能,快捷的行情速度,特殊的个性化服务,稳定的投资概念组合,为投资者服务。投资者要利用这个软件首先需要到相关网站下载"同花顺"行情软件,并解压到桌面。双击"同花顺"软件的图标就可以使用这个软件了。下面简要介绍该软件的功能和使用方法。

⇨ **投资箴言(众说纷纭):**

知道一定有股灾发生容易,知道什么时候发生股灾难。

用现金买入股票似乎最容易(容易的结果就是容易输钱!)。

卖掉一只差股票去立即买进一只好股票难(同时做两个正确的决定难)。

1.6.2 软件功能

"同花顺"充分为各种用户考虑,增加了很多人性化设计:打印功能,数据、图片输出功能,监视剪贴板功能,快速隐藏功能,大字报价功能,高级复权功能,访问上市公司网站功能等。

1. 资讯全面,形式多样

同花顺是一个强大的资讯平台,能为投资者提供文本、超文本(HTML)、信息地雷、财务图示、紧急公告、滚动信息等多种形式的资讯信息,能同时提供多种不同的资讯产品(如大智慧资讯、巨灵资讯等),能与券商网站紧密衔接,向用户提供券商网站的各种资讯。而且个股资料、交易所新闻等资讯都经过预处理,让使用者轻松浏览、快速查找。

2. 指标丰富,我编我用

系统预置了近两百个经典技术指标,并且为了满足一些高级用户的需求,还提供指标、公式编辑器,即随意编写、修改各种公式、指标、选股条件及预警条件。

3. 页面组合,全面观察

同花顺提供了大量的组合页面,将行情、资讯、图表、技术分析与财务数据有机组合,让使用者多角度、全方位地进行观察、分析,捕捉最佳交易时机。

4. 财务图示,一目了然

同花顺将各种复杂的财务数据通过图形和表格的形式表达出来,使上市公司的经营绩效清晰地展示在使用者面前,并可以在上市公司之间、板块之间做各种比较、计算,还配以丰富的说明,让以前没有财务分析经验的投资者轻松地掌握这种新的强大的工具。

5. 个性复权,简单方便

不仅提供向前、向后两种复权方式,还有"个性复权",只用输入一个时间,系统将以这一天的价格为基准对前后历次除权做复权。另外可以选择时间段复权,即仅对某段时间内的除权做复权。

6. 智能选股,一显身手

有简单易用的"智能选股",使用者只要在需要的被选条件前面打钩即可轻松选股。还有"选股平台",让使用者利用所有的 100 多个选股条件和 200 个技术指标,轻松编制各种选股条件组合。从而在一千多只股票中选择出自己需要的股票。

7. 区间统计,尽收眼底

在 K 线图里能统计区间内的涨跌、振幅、换手等数据,能帮助使用者迅速地统计出一个股票在一段时间内的各项数据。而且还提供阶段统计表格,这样就能对一个时间段内的数

> **投资箴言(众说纷纭):**
>
> 卖掉一只好股票去立即买进另一只更好的股票更难(判断两个好股票哪个更好更难)。
>
> 卖掉差股票后持有现金长时间等待最难(知错就彻底改正最难)。
>
> 做出卖掉过分高估的好股票等待其下跌的决定难(认定是好股就容易沉溺过度,好股票有时候会太贵了)。

据在不同股票之间进行排序、比较。

8. 个人理财,轻松自如

在"个人理财中心"里使用者可以轻松地对自己的财务状况做出统计分析,轻松掌握目前每个股票的持仓成本、股票资金的比例、历史上每次交易的盈亏、总盈亏、账户内股票资金总额的变动状况等个人财务资料。

9. 报表分析,丰富全面

同花顺为使用者提供了"阶段统计"、"强弱分析"、"板块分析"及"指标排行"等多种报表分析的功能,让使用者在不同股票、板块、指标之间比较的时候有了更多、更丰富的项目和依据。

10. 键盘精灵,智能检索

"键盘精灵"可以让使用者通过字母、数字,甚至汉字来检索其感兴趣的股票、技术指标等,不管使用者输入的字符出现在股票代码等的什么位置,都能一网打尽;使用者甚至可以用通配符来进行模糊查找。

11. 风格定制,个性张扬

同花顺是一个多用户的系统,在多个用户使用同一个程序时,可为不同的用户保留其个性化设置(如自选股、程序风格等)。同花顺允许用户修改显示风格,包括程序中几乎所有的页面、字体、颜色、背景色等,给使用者一个尽情展示个性的空间。

1.6.3 基本键盘操作

基本的键盘操作参见表 1-3。

表 1-3 基本的键盘操作

功 能 键	作 用
↑、↓	K线图里,放大和缩小图形
	表格里,上下移动选中行
←、→	图形窗口里左右移动光标;表格里左右移动表格列
PageUp、PageDown	K线图里,上一只股票、下一只股票
	表格里,上一页、下一页
Esc	有光标时去掉光标;无光标时回到上个浏览页面
Home、End	有光标时光标移至显示窗口最前端、最后端
	无光标时换技术指标
＋、－(小键盘上的)	在"大盘分时页面"切换指标
	在"个股分时走势页面"切换小窗口的标签

投资箴言(众说纷纭):

看大盘难,不看大盘也难(我们将预测大势当益智游戏对待)。

相信 2008 年我们持有的蓝筹股价比现在更高并按既定方针持股不动难(趋势最难预测,许多人经常随市场变化而改变最初的正确判断)。

要在股市里长期赚钱远比想象得难上难。

键盘精灵

当使用者按下键盘上任意一个数字、字母或符号的时候,都会弹出"键盘精灵"(图 1-9),使用者可以在这里输入中英文和数字以搜索想要的东西。

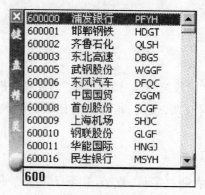

图 1-9　键盘精灵

使用者可以通过输入代码、名称或名称的汉语拼音首字母来搜索对应的商品(股票、基金、债券、指数等),按 Enter 键打开相关页面;也可以通过输入指标(如 KDJ)的中英文名称,来利用键盘精灵方便地更换指标窗口里的指标;还可以通过拼音来调出板块,如"北京"、"房地产"等板块。另外对于习惯"乾隆"股票分析系统的人来说,该系统还有符合使用者平时习惯的画面快捷键,如想看"上证 A 股涨跌幅排名"就可以直接按 61+Enter 键。具体的画面快捷键参见系统提示。

小窍门

本软件支持汉字输入和模糊查找。这样使用者不仅可以用键盘精灵实现股票的输入,还可以用来做股票的快速搜索。例如,输入"钢"字,就会看到所有名称中包含"钢"字的股票(如图 1-10 所示)。然后用上下键就可以选择查看了。

600010	钢联股份	GLGF
600005	武钢股份	WGGF
600019	宝钢股份	BGGF
600102	莱钢股份	LGGF
600126	杭钢股份	HGGF
600231	凌钢股份	LGGF
600282	南钢股份	NGGF
600307	酒钢宏兴	JGHX
600808	马钢股份	MGGF
600894	广钢股份	GGGF
000709	唐钢股份	TGGF
000717	韶钢松山	SGSS

图 1-10　键盘精灵示例

投资箴言(众说纷纭):

价格总是围绕价值波动。

真正的市场价格不是被高估就是被低估,即使已经到了预先的估值价格,实际上高于价值的那部分价格至少还有成倍的上涨空间。

在搜索商品时,键盘精灵会把所有符合的词都找出来。不管字母是在商品名称的什么地方。例如,输入 MS 时,不仅会找到"民生银行 MSYH"、"模塑科技 MSKJ",还能找到"神马实业 SMSY"和"西安民生 XAMS"。这样就算使用者不记得股票的全名,也能方便地找到所需要的股票。

1.6.4　实时走势分析

分时走势页面为某一商品的实时走势图。在报价表里选中商品后,双击鼠标左键或按 Enter 键,或者在"键盘精灵"里直接选择商品后按 Enter 键,都可以打开分时走势页面(图 1-11)。分时走势页面的快捷键参见系统提示。

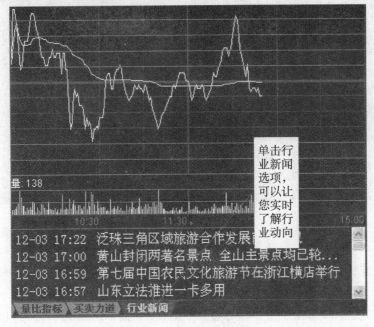

图 1-11　分时走势页面

注意:光标浮动窗可以随意拖动。而且系统将自动保存浏览时窗口最后的位置,下次再次浏览这个页面时窗口就会出现在上次的位置。

在分时走势页面中每按"↓"一次,即可多显示前面一个交易日的走势图。这样使用者就可以仔细地查看最近一段时间某只股票的走势了。

在分时走势或技术分析页面按 F10 键,可以查看个股资料(图 1-12)。同花顺 2007 集成了万得、巨灵、港澳等多家资讯,丰富全面、信息及时、分析详细,让使用者对上市公司的全貌有更为明晰的了解。还有同花顺特有的一些特色功能与资讯,供使用者方便地查看。

⇒ 投资箴言(众说纷纭):

　　股票永远不是高估就是低估,市场可能会提前透支公司未来 10 年的增长。

　　市场膨胀时如果太过理智,就赚不到大钱,但市场过度膨胀时不冷静,又可能抢高价被套。

"千股千论"为每一只股票都建立了论坛,在这里,使用者可以查看与其持有相同股票的投资者的看法,也可以发表自己的见解。可以从F10页面里面进入,也可以从"在线服务"菜单进入。

单击右键,在弹出的快捷菜单中选择"资料搜索"命令,还可以进行相关内容的检索工作。

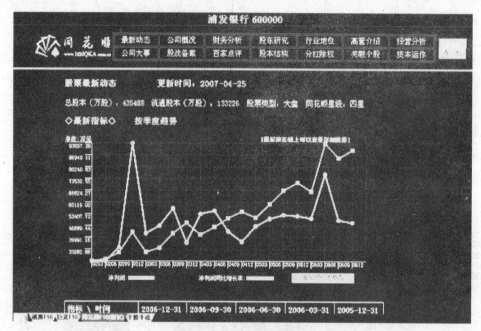

图1-12 个股资料页面

成交明细表(功能键F1):在个股分时走势页面里按F1或01+Enter键,都可以切换到成交明细表。在这里使用者可以看到当天按时间次序排列的每一笔成交的时间、价格,当时买入价、卖出价、成交手数。

分价表(功能键F2):在个股分时走势页面里按F2或02+Enter,都可以切换到成交明细表(图1-13)。分价表可以直观地显示当日的成交分布状态。

图1-13 分价表页面

➡ 投资箴言(众说纷纭):

股市从某一瞬间讲都是永远不合理,股市从长期平均下来才合理!

即使在美国这样的成熟市场,1999年也因为偏好网络股而给出了很高的溢价,亏损的网络公司的股票也可以涨到几十美元,这导致纳斯达克指数从1 000多点很快冲到5 000点,之后又很快从5 000多点跌回1 000多点。

1.7　证券模拟实战对抗竞赛规则[①]

1.7.1　竞赛规则

1. 实战对抗须用专门账户

账户注册成功后,每个团队只有一个模拟账户,并且会由交易系统给定同样数额的初始资金,各团队在投资经理的带领下进行模拟交易实战对抗。

2. 交易时间与委托买卖

证券模拟实战对抗的交易时间与委托买卖规则如下。

(1) 实时交易时间为每周一至周五(节假日除外),每天上午 9:30—11:30,下午13:00—15:00。当日 15:00—15:30 为计算当日排名时间。

(2) 模拟实战对抗在每天交易时间接受买卖委托。模拟炒股实行 T+1 操作,当天买入的股票当天不能卖出。账户也不能透支及买空卖空。

(3) 由于处于模拟交易环境,一些模拟交易网站对分红送配不予计算,需要特别注意。建议不要参与有送配题材的个股买卖或者在股权登记日前将该股抛出,以免对竞赛成绩造成影响。

3. 清算交割

用户委托买入时,其账号上的可用资金额相应减少,在买单撮合成交时系统自动清算交割,并且计入交易费用。委托卖出时,其账号上的股票立即减少了可卖数量,而可用资金额暂不增加,只有等待股票卖出成功时系统自动清算交割,资金数量才会被刷新,并且扣除交易费用。

4. 查询、撤单

用户可实时查询本人股票账户、资金账户、委托成交、买卖历史记录等情况。对尚未成交的委托可撤单。

5. 证券模拟实战对抗的排名

关于证券模拟实战对抗的排名有两种选择:①以事先确定的竞赛结束之日收盘后各团队账户的资产价值进行竞赛排名;②以事先确定的竞赛结束之日所有股票变现后的总资产进行排名。具体选择由指导教师确定。

1.7.2　叩富网交易规则

1. 交易时间

本竞赛接受 24 小时委托,当日清算后的委托为第二天的委托。

---

① 注意:本书以叩富网为例讲解实战对抗竞赛规则。如果采用不同的模拟交易系统,需要注意其具体规定与下述规则的差别之处,并按其执行。

2. 清算时间

每日 15：00—17：00，在清算时间内下的单可能无效，请掌握好时间，尽量不要在该时间段内下单。

3. 撮合时间

正常交易日的交易时间为 9：31—11：29 和 13：01—14：59。

注意：模拟系统与交易所实盘交易系统是同步的，因此在节假日实盘股市休市期间模拟系统只接受选手委托，但不会撮合成交。

4. 交易制度

（1）股票行情以本模拟炒股系统提供的为准，模拟炒股行情系统与深沪交易所实际行情实时同步。

（2）交易品种仅限于深沪交易所所有挂牌交易的 A 股、指数基金、封闭基金和权证（如果参加的大赛组别中大赛组委会限制了权证交易则以小组的大赛规则为准）。

（3）参赛者实时只能通过叩富网模拟炒股平台（http：//www. CoFool. com）下单、查询。

（4）清算同证券营业部基本一致。即证券 T＋1、权证 T＋0、资金 T＋0。股票交易买入手续费为 0.2％，卖出手续费为 0.3％。权证买入卖出手续费均为 0.15％。

5. 成交规则

（1）买入。买入委托确认后，若实时行情中卖一最新价与申报价相同或更低，则此委托可成交，涨停不能买入。

（2）卖出。卖出委托确认后，若实时行情中买一最新价与申报价相同或更高，则此委托可成交，跌停不能卖出。

（3）委托成交时，成交价为实时行情的最新价，客户委托数量全部成交。

6. 注意事项

（1）申请的用户名必须健康、得体。

（2）本系统支持股票除权（送股、派息），送股与分红会在股票除权日第二天到账。

（3）本系统不考虑配股的权息因素。参赛者如持有即将配股的股票，应及时在配股日前卖出，以免对成绩造成影响。

7. 禁止事项

（1）不能透支及买空卖空。

（2）不能申购新股。

（3）其他上海、深圳证券交易所禁止而本条款未提及事项。

➡ **投资箴言（众说纷纭）：**

投资首先要判断所投资的股票所属的行业在自己的国度里是处在上升周期还是下降周期，是朝阳还是夕阳。

选择股票，首先要判断公司处于哪个阶段，不在好的行业阶段，再优秀的企业家去经营也没有用。

投资者除了关注企业垄断是否存在、是否正在形成的过程中，还要时刻关注这个垄断是否会被打破。一旦行业垄断被打破，原有垄断企业会输得很惨。

1.7.3　必要提示

1. 模拟实战交易页面的使用

打开模拟交易页面后,可以通过单击屏幕左侧的"买入"、"卖出"按钮,打开买入委托或卖出委托页面(里面包括"股票代码"、"委托价格"和"委托数量"三个对话框)。当输入正确的股票代码后,在"股票代码"对话框右侧显示出该股票的名称,在其右侧还会显示出该股票的昨收(昨日收盘价)、最新价、跌停价、涨停价、开盘价等行情信息,还可以打开即时走势图。然后可以根据这些信息选择买入或卖出的价格,输入到"买入/卖出价格"对话框中,再将打算买入或卖出的数量输入到"买入/卖出数量"对话框中,最后单击"下单"按钮,委托就完成了。

另外,系统还提供了资金股票、委托撤单、成交查询、历史成交、高手操作、业绩报告等按钮和用户的资金使用情况记录,用户可以根据自己的需要进行使用。使用者可以通过资金股票按钮看到自己总盈亏、可用资金、总资产等信息;当打算将已经下单的委托取消,就要使用"委托撤单"按钮,在这里可以将没有成交的委托撤销;另外可以通过成交查询、历史成交、用户的资金使用情况记录等对账户进行更加详细的了解和管理。

2. 模拟实战的理念

(1) 总结经验、磨炼意志,加强学习的逼真性,是从理论走向实践的首选练习办法。

(2) 通过模拟比赛,考核自己在炒股方面的水平。但要切记:在竞赛中胜出并不表明在实际炒股中会赢!

(3) 认真仔细,越真越好。要时刻处于真实的状态中,这样才能提高能力,获得最大收获。

(4) 先学习,后实践。新手应该仔细阅读本文说明,把里面的内容仔细看几遍。在论坛中,对精华区和置顶区的帖子要格外留意。

3. 注意事项

模拟炒股毕竟同真实炒股有着性质上的不同,切不可混淆。前者的作用是练习,资金上没有实际损失;后者则处于较大的风险当中,必须谨慎。切记:股市有风险,入市当谨慎!

<u>阅读材料 1-1</u>

名人炒股输赢趣闻

股市有风险。美国著名幽默小说大师马克·吐温曾在其短篇小说《傻头傻脑威尔逊的悲剧》中借主人公威尔逊之口说出一句名言:"10 月,这是炒股最危险的月份;其他危险的月份有 7 月、1 月、9 月、4 月、11 月、5 月、3 月、6 月、12 月、8 月和 2 月。"

马克·吐温曾经迫于还债压力,进军股市希冀大捞一笔,但结果屡战屡败。与马克·吐温相似,历史上也曾经有过一些名人,他们也如今日股民一般历经股海沉浮,几家欢喜几

➡ **投资箴言(众说纷纭):**

　机会总是偏爱有准备的人。

　股价便宜、价值被低估依然是一个难以把握的尺度,这需要根据不同的公司区别对待。

　投资伟大的企业。要抓住行业第一,即投资行业内最具有核心竞争优势的企业,寻找能够持续增长的伟大的企业。

家愁。

一、牛顿算不准股市的疯狂

大名鼎鼎的牛顿就曾做过一个疯狂的股民。1711 年，有着英国政府背景的英国南海公司成立，并发行了最早的一批股票。当时人人都看好南海公司，其股票价格从 1720 年 1 月的每股 128 英镑上下迅速攀升，涨幅惊人。4 月，看到如此利好消息，牛顿就用自己大约 7 000 英镑的资金，毫不犹豫地购买了南海公司的股票。很快他的股票就涨起来了，仅仅两个月左右，比较谨慎的牛顿把这些股票卖掉后，竟然赚了 7 000 英镑！

但刚卖掉股票，牛顿就后悔了。因为到了 7 月，股票价格涨到了 1 000 英镑，几乎增值了 8 倍。于是，牛顿决定加大投入。然而此时的南海公司却出现了经营困境，股票的真实价格与市场价格严重脱钩。并且在此前的 6 月，英国国会通过了《反泡沫公司法》，对南海公司等公司进行政策限制。结果没过多久，南海股票价格一落千丈，到了 12 月最终跌到约 124 英镑，南海公司总资产严重缩水。许多投资人血本无归，牛顿也未及脱身，亏了 2 万英镑！

这笔钱对于牛顿来说无疑是一笔巨款。牛顿曾做过英格兰皇家造币厂厂长的高薪职位，年薪也不过 2 000 英镑。事后，牛顿慨叹："我能计算出天体运行的轨迹，却难以预料到人们的疯狂。"

二、丘吉尔初入股市血本无归

凯恩斯炒股炒得很专业，丘吉尔炒股炒得却非常业余。1929 年，刚刚卸去英国财政大臣之职的丘吉尔和几位同伴来到美国，受到了投机大师巴鲁克的盛情款待。巴鲁克是丘吉尔的好友，也是一位能干的金融家，并且还是一名善于把握先机的股票交易商，被人们誉为"投机大师"、"在股市大崩溃前抛出的人"。此番接待丘吉尔，巴鲁克悉心备至，特意陪他参观了纽约股票交易所。在交易所，紧张热烈的气氛深深吸引了丘吉尔。虽然当时他已经年过五旬，但好斗之心让他也决心小试牛刀。

➡ **投资箴言（众说纷纭）：**

对于公司的诚信被质疑的，坚决不要买，无论这种质疑未来是否成真。

估值就是遵循价值投资。我们的投资一定是以公司价值为基础，如果这个企业未来 3 年复合增长率在 25％以上，我们才会考虑投资。

为什么以 3 年为考量周期？从一定程度上说，我们没有能力预测一个企业 10 年、20 年的发展。事实上，企业在社会经济大潮中是很弱小的，在很长的一段时间里不可控因素太多，我们宁愿把企业的发展分成若干个 3 年期来考量。在美国 100 多年的经济成长史中，数以万计的企业，诞生了几个可口可乐？凭什么你就断定你所投资的企业就可以成为未来中国的可口可乐？预测一个企业 3 年的发展可能更有把握，一是因为宏观经济发展在这一周期内大体可预测，很多企业也会公布自己未来 3～5 年的发展规划，加上行业中长期前景，我们有把握了解一个企业 3 年期内大体的发展态势。这是估值的前提，尽管估值是一门艺术，但是估值必须建立在一定的确定性基础之上。

在丘吉尔看来,炒股就是小事一桩。然而不幸的是,1929年改变世界经济乃至世界政治格局的美国股灾爆发了,丘吉尔来到纽约的时间和华尔街股票市场崩溃的开始时间恰巧重合。结果仅仅在10月24日一天之内,他几乎损失了投入股市所有的10万美元。那天晚上,巴鲁克邀请大约50名财界领袖一起吃晚饭,席间他向丘吉尔祝酒时就戏称他为"我们的朋友和前百万富翁"了。

这样的残酷事件让丘吉尔感到,炒股绝非儿戏。不过返回英国时,丘吉尔似乎还比较乐观,他认为这场金融灾难,尽管对无数人是残忍的,但也仅仅是一个插曲,最终将会过去。而且他还曾充满想象力地声称:"在这个年代,成为一个投机商人该是多么奇妙的一种生活啊。"

三、马克思牛刀小试收获颇丰

与牛顿的一掷千金相比,马克思的炒股规模就小得多。1864年,马克思当时在伦敦做研究工作,经济上一直比较拮据。囊中羞涩的窘况,让他感觉到很不快乐。当年5月,马克思获得600英镑的遗赠。对于马克思来说,朋友的这次遗赠不仅是雪中送炭,还给了他在股市小试牛刀的机会。

当时英国刚颁布《股份公司法》,英国的股份公司又开始飞速发展,股票市场也呈现繁荣景象。有了这笔资金,经济学造诣颇深的马克思便决定投资英国股市:一为休闲,二为体验一下股民生活,也希冀能赚些生活费用。于是他抓住伦敦"金融时报指数"回升的好时机,分批次购买了英国的一些股票证券,之后他耐心等待市场变化。在他认为政治形势和经济态势提供了良好的投资机会,股票价格开始上升一段时间后,就迅速逐一清仓。通过这一番炒股操作,马克思以600英镑的本金赚取了约400英镑的净利润!对于这段炒股经历,马克思颇感自豪。

四、凯恩斯实践中出理论

相比马克思的短期炒股小游戏,经济学家凯恩斯的炒股经历则不仅很长,而且还能长期获得良好收益。凯恩斯在做经济学研究之余也常常进行股票投资,他36岁时的资产只有约1.6万英镑,到62岁逝世时就已达到约41万英镑了。在这些个人资产中,炒股赢利占了很大比重。不过,凯恩斯不是常胜将军,但是在股海沉浮中的那份坚持让他常常能走出低谷。1928年他以1.1英镑的价格买入1万股汽车股票,不久这个股票一度跌至了5先令,但是凯恩斯没有自乱阵脚。他一直等待,到了1930年,终于等到股价回

⇒ **投资箴言(众说纷纭):**

一定要形成一套自己成功的理念,努力在市场上获得成功的经历,然后从中总结经验教训,并将这个经历在脑海中打上烙印,逐渐形成自己的投资风格、习惯。一定不能被市场或者他人牵着鼻子走,否则,你的投资成功就不是常态,而只是偶然。不一定每一次投资都能做对,但是坚持一个方向,那么成功一定是一个常态。只有这样,你才明白你的投资为什么成功,你才能复制你的成功,形成自己的成功理念方能抵御各种诱惑与不确定,你才能享受到投资的乐趣。

到他的买入价之上。

凯恩斯的特别之处在于他通过自己炒股的经历还提出了经济学理论，其中就有著名的"空中楼阁"定理。凯恩斯提到："股票市场的人们不是根据自己的需要而是根据他人的行为来作出决定的，所以这是空中楼阁。"简言之，在股票市场中，大众的偏好很重要。

资料来源：http://finance.qq.com/a/20080229/002017.htm

阅读材料 1-2

揭秘十大"股神"取胜秘籍

股市起伏不定，让无数股民为之疯狂，而就有这么一些人，常常出奇制胜，这些被称做"股神"的人在多数人看来都环绕着一层神秘的光环，但其实，他们的取胜秘籍并不神秘，并非不可学。

一、"股神"大佬：巴菲特

巴菲特是有史以来最伟大的投资家，他依靠股票、外汇市场的投资，成为世界上数一数二的富翁。巴菲特曾给予投资者 5 个建议。

（1）视股票为生意的一部分，问自己"若股市明日关闭，历时 3 年，我将会有何感受？如果我在那种情况下很乐意于拥有该只股票，这犹如我对自己的生意都感到欣慰。"这种理念对投资方面尤为重要。

（2）市场在服务你，不是指示你。市场不会说给你听，你的投资决定是对还是错，但生意结果却可以决定你是对还是错。这都是从华尔街公认的证券分析之父 Ben Graham（本·杰明）处偷师的。

（3）当你无法精确知道一只股票的价值时，那就应让自己处于安全边际。这样你就只进入一种状态，那就是你可以在某种程度上出错，但又可很快脱险。

（4）精明的人最经常以借来的钱去作孤注一掷的事。

（5）股票不知你拥有它，你对它有感觉，它却对你毫无感觉。股票亦不知你付出了什么。人们不应将情感投射于股票上。

二、金融大鳄"股神"：索罗斯

索罗斯作为国际金融界炙手可热的人物，是由于他凭借量子基金在 20 世纪 90 年代中所发动的几次大规模货币阻击战。量子基金以其强大的财力和凶狠的作风，自 90 年代以来在国际货币市场上兴风作浪，常常对基础薄弱的货币发起攻击并屡屡得手。在金融危机影响下，索罗斯以年收 11 亿美元名列逆市赚钱高手第四位。

➡ **投资箴言（众说纷纭）：**

投资最主要的误区是贪婪与恐惧。贪婪与恐惧大部分源于你对投资对象的不了解，如果你了解更多，你对各种预期有相对准确的判断，决策就会更趋理性。克服贪婪与恐惧的最好方法就是投资你熟悉、了解的行业、企业。

三、香港首富：超人李嘉诚

李嘉诚最常使用的词汇是"保守"。或许正因为保守，这个80岁老人总是能够比年轻人更敏锐地捕捉到风险的气息。比起在金融危机中栽了跟头的华尔街行家们，李嘉诚的明智并不是来源于任何深奥的理论。恰恰相反，他用了一种过于朴素的语言来解释自己对于金融危机爆发的认识："这是可以从二元对立察看出来的。举个简单的例子，烧水加温，其沸腾程度是相应的，过热的时候，自然出现大问题。"

四、亚洲"股神"：李兆基

作为香港富豪，恒基地产主席李兆基进入2008年以来对自己的炒股"评级"一路下调。2007年，信心满满的李兆基曾乐观预期香港恒生指数将在年底前冲上33 000点高峰；随后指数的"一落千丈"让这位"亚洲股神"略感尴尬，并在一次公开活动中自拆"股神"招牌，调侃自己是"冒牌股神"，并自爆"不会炒股"。

五、香港平民"股神"：曹仁超

一个只有中学文凭的穷小子，以5 000港元入市，历经40年股海浮沉，两次一贫如洗，最终身家两亿港元，实现4万倍的投资增值。他的投资秘诀在于只有小量资本的散户一定要集中火力，才有机会赚大钱；挑选极具增长潜力的二线股，目光应放在3～6个月内；追涨不买跌，止蚀不止赚等。

六、80后民间"股神"：叶荣添

身为"80后"的他，因经常出现过激言论，被称为股市"疯狗"。自称，人人愿意做神，我宁愿做鬼，所以把自己的投资技巧叫做魔鬼原则。他曾在接受访问时表示，自己投资只看很干净的K线图，从不看均线，所谓的什么均线支撑，突破均线上攻等都没用。

七、美女"股神"：王雅媛

1985年出生，属牛，射手座的王雅媛在2007年一次香港投资模拟大赛中一举成名，现在无论是在香港还是在内地，都有一群铁杆粉丝。对于"美女股神"称号，王雅媛显得有点诚惶诚恐。她说，作为一个刚毕业、投资经历不超过3年的大学生，还没有经历过牛熊市洗礼，更谈不上成熟独特的投资理念，叫股神未免有点"言过其实"了。她有着超强的工作耐力和勤奋劲头，不仅在超过3个网站每日更新博客，而且为超过5份报纸定期撰写专栏，甚至网友们在博客上关于投资的留言，有时她也会很认真答复。谈及投资理论，王雅媛以谈恋爱作比，说爱情跟投资有相同之处，都需要用心全情投入，去发现有潜力的对象。但投资和爱情也有不同之处，爱情有时会让人丧失理智，缺乏判断，而投资需要很强的理性，并且要有很强的纪律性。

八、民间"股神"：殷保华

殷保华有许多"独门暗器"，他当过兵，性格豪爽，不藏不掖。他的炒股秘诀在于7种股

▶ **投资箴言（众说纷纭）：**

每当招聘员工，他会问对方有没有亏过大钱。亏过，好，同等条件下优先录用。"只有那些曾经倾家荡产的人才懂得风险，知道在这个市场上赚钱是件蛮难的事情，才会像珍惜生命一样，珍惜手中的资金。而且被重创后还能在这个行业做下去，说明他们具备了做优秀投资人所必备的勇气和意志。"

票坚决不买：暴涨过的股票、放过天量的股票、大除权股票、大问题股票、长期盘整的股票、利好公开的股票和基金重仓股票。他认为规避风险才能赚大钱，这七不买经验是在工作中总结出的，并非股市定律，而且只是在某一段时间内可以参考。这也验证了股市中的一句名言：世界上没有只涨不跌的股票，更没有只跌不涨的股票。

九、农民"股神"：谢贤清

1991年，怀揣6万元，他奔到深圳炒股，一年时间便成为百万富翁，到1993年，他已是资产过千万，名震A股市场，但他并不满足。其后十余年间，他涉足期货、外汇等多个市场，赚了上千万元，也亏掉了上千万元，人生三起三落，跌宕起伏，比最精彩的小说更加精彩。而为了寻找到股市真谛，谢贤清更是足迹踏遍祖国各地，遍寻良师。屡败屡战之后，他终于摸透股市的规律，成为真正的高手。目前，他投资股票、权证和期货，拥有自己的公司，涉足于影楼、房产等产业。

十、"亚洲股市教父"：胡立阳

资料显示，胡立阳曾是美林证券副总裁兼硅谷分公司总经理，享有"华尔街神童"的盛名。然而，处于人生顶峰的他却辞去高薪职位回到台湾，当起了"股市传教士"，之后到大陆发展，至今已近10年。胡立阳曾向投资者透露了自己的多个炒股秘籍，包括懒人操作术、地心引力指标、农夫播种术等，这些秘籍的核心就在于通过机械化操作来克服人性弱点，使他在股市中变成"不正常的人"。

资料来源：http://finance.qq.com/a/20091027/005790.htm

阅读材料 1-3

平凡股民实现财富梦想的六大原则

一、ST的股票不碰。客观上讲，ST股票中无论什么时候都有疯涨的，短期内赢利最快，但我们不是庄，分不清其中哪只股票在未来会疯涨，而且大多数ST股票长期的走势都欠佳，对于信奉长期投资的人不适合。从长期来看，这种股票风险很大，因此，坚决不碰ST股票。

二、永不满仓。这点非常重要，无论什么时候坚决不要满仓，否则会给你带来致命的打击。其实这个原则很多炒股的人都是信奉的，但是为了追求利益最大化，相当一部分的人坚持满仓操作，当然大势判断对的话，这种操作手法是赢利最大的，同样如果判断错误，是亏损最严重的。

永不满仓的一个最明显的好处是一旦选择的股票下跌，可以补仓，摊低成本；股票上升通道确定时可以加仓，避免风险一次性形成。建议这样操作：平时仓位绝对控制在1/3左右，一旦出现行情，以较大的比例进入一次就可以解套，两次就实现赢利，然后及时撤离，永远保持现金。

➡ 投资箴言（众说纷纭）：

在熊市中投资，只有一种方式有效，就是挑到一个好公司，死死捂股不放，这样才可能不亏钱或有盈余。

巴菲特一生都在守候不定期出现的股灾的到来。

等待是价值投资的精髓。

三、永不追高。必须得承认，追高也是快速获取利润的一种方法，但是必须快进快出，绝不能恋战，时间一般不得超过 3 天。作为一名散户，追高的风险显而易见，因为不善于割肉、不敢割肉，最终只会越套越深。中石油就是很好的案例。

四、热点股票不碰。不碰热点股票，因为不知道热点能够持续多久，长期投资能够获取回报。热点是暂时的，而公司的基本面比较容易看得清楚，尤其是优秀的公司知名度比较高，认同感强，对于证券知识不多的人相对而言是比较容易选择的。

五、波段操作。长期投资不等于长期持有股票不操作，这样会损失很大的利润。如果一旦介入点不对，长期投资等同于长期被套。

六、学会空仓。这一点很重要，且很必要，不懂得空仓的人不是股市中的胜利者。空仓要结合大势，一旦大势已去，坚决清仓。

摘编自：平凡股民之六大原则，http://club.news.sohu.com/read_elite.php? b＝wuzhong&a＝5918584

⇒ **投资箴言（众说纷纭）：**

真理往往最像谬论。

老手多等待，股市心法中最难的就是等待。

看不准，看不懂，没有把握时不进场。

第 2 章　操作篇

思路决定出路,格局决定结局。

在资源有限的情况下,正确的选择是制胜的关键。

确立适合自己的投资策略和投资组合并有效执行是赢得胜利的保证。

2.1　开篇语

或许你已经迫不及待地想进行实战对抗了,但是当你进入此阶段时,你和你的投资团队必须解决以下三个问题:①了解证券买卖的实际操作过程,熟悉竞赛交易规则的内容,这是证券模拟实战对抗的基础;②根据市场变化情况,制定投资策略,明确投资目标,这是证券模拟实战对抗的关键;③严肃组织纪律,使操作能够在投资经理的统一指挥下,严格按照投资操作流程各司其职,协调操作,这是成功的保障。

2.1.1　关于交易规则

了解证券买卖的实际操作过程,熟悉竞赛交易规则的内容,这是证券模拟实战对抗的基础。证券交易规则并不是只要投资经理掌握就行了,其实每个人都应该熟练掌握,特别是涉及你所负责的部分规则。对于规则要彻底弄懂,而不是想当然的似是而非。在实训过程中,证券投资下单的操作要准确地遵循操作法则。

在实际操作中,不同角色的用表填法不同,投资经理有专门的投资规划记录表需要填写,操盘手、财务总监、人力资源经理也都有自己的专用表格,而每一个团队成员都需要详细填写所在团队的投资操作记录,便于思考和解决问题;同时每个人都需要填写证券模拟实战对抗行情分析表。

2.1.2　关于策略选择

股票投资是关于投资策略和风险的选择,一个好的投资者要在眼花缭乱的股票中选取优秀的股票,在瞬息万变的行情中把握投资的时机。投资不同证券有不同的投资操作策略,

▷ **投资箴言(众说纷纭):**

账面利润是不能算数的。

上帝让你灭亡,必先让你张狂。

我理解,巴菲特是长期坚持价值投机,而不是长期投资。

由于对股票的选择分析是多方面的,因此目标一定要明确。具体到此次实训,就是要思索回答以下几个问题。

(1) 选择什么样的股票?

我们要选择什么样的股票,如蓝筹股,是绩优蓝筹股还是普通蓝筹股;上市公司股票,是选择深交所上市公司的股票,还是选择上交所上市公司的股票;行业地位,是选择行业龙头老大,还是选择一些新兴的涨势强劲的股票等。

(2) 所选择的股票公司整体实力如何?

我们对优秀股票的选择要着重于对公司的整体实力分析,首先是公司的基本分析,主要内容包括行业地位分析、区位分析、产品分析、公司经营能力分析、成长性分析;其次是公司的主要财务报表分析,包括资产负债表(要求了解)、利润表(基本了解)、现金流量表(了解),财务比率分析,包括每股收益、市盈率等;此外还有资产重组分析、关联交易分析、会计和税收政策变化等。

(3) 所选择行业的地位如何?

我国上市公司行业主要分为以下几类:农、林、牧、渔业;采掘业;制造业;电力、煤气及水的生产和供应业;建筑业;交通运输、仓储业;信息技术业;批发和零售贸易;金融、保险业;房地产业;社会服务业;传播与文化产业等。如何对它们进行选择?

(4) 计划采用何种投资策略?

我们是采取积极的投资策略还是稳健的投资策略?是中长期投资策略还是短期投资策略?不同的投资策略决定着不同的选股思路和方法。

(5) 重点采用何种分析方法?

对于我们所要选择的股票应该用何种方法进行分析研究,是重点采用技术分析还是基本面分析,或是二者相结合。不同的投资策略有着不同的分析方法和特点。每种方法的特点和适用性都有所不同,要根据自己所掌握的投资方法适当分析,选择合适的股票,以保证自己的投资保值增值,达到获利的目标。

在开始实际操作前,每个团队都应对上述问题进行深入探讨并达成共识。每一天操作下来,需要反思我们的行为,聆听指导教师根据实际操作情况所做的点评,分析自己的失误和不足之处在哪里,找出原因并改正。

2.1.3　关于团队协作

本次实训有 2~4 周时间进行实战对抗,在指导教师的带领下学生要做好分组准备,按照实际情况组成管理团队。尽量缩短磨合时间,较快进入角色,并且在投资经理的统一指挥下,各司其职,协调有效的运作非常重要。这就要求团队成员既要积极向前,又要听从指挥;既要勇挑重担,又不厚此薄彼;既要各抒己见,又要彼此尊重。这样才能既发挥大家的作用,

⇒ 投资箴言(众说纷纭):

寻找具有长期增长潜力的优秀企业。

在市场情绪比较悲观的时候,我们就要看它未来会发生什么,如果未来发生的事情是有利的一面,或者出现有利一面的概率会远远大于出现不利因素的时候,我们对企业的观点就要改变。

又不至于互不服气、各行其是,影响投资操作。

2.2　竞赛前的操盘训练

2.2.1　赛前准备

认真思索并记录以下问题:

1. 进行角色分工

_____

_____

_____

_____

2. 确定投资策略(投资经理带领团队成员共同决定)

_____

_____

_____

_____

3. 思考行动计划

各团队成员在投资经理的带领下根据上述投资策略规划,思索如何有效执行,并决定执行细节。

_____

_____

_____

_____

备注:

(1) 投资经理首先要重点关注整体策略是否有偏差,并适时带领团队成员做出必要的调整;同时严格执行各项工作。投资经理要有责任意识,勇于肩负起领导重任,对投资策略和投资组合要善于思考,果断决策。

(2) 所有团队成员要对所在团队的投资策略进行监督和完善,提出适当的参考性建议,并就投资规划作出详尽的记录,给出投资规划策略。

确认我的角色:

我的角色是:_____

▶ 投资箴言(众说纷纭):

　即便是要撞大运,运气也会青睐有准备的人。

　转机往往是在所有人都绝望的时候出现。

　捕捉未来 3 年到 5 年有 10 倍利润的企业。

我的就职宣言：

_____

_____

我的工作计划：（确定执行计划与执行细节）（不够可另加附页）

2.2.2 赛前模拟演练

在确定好投资经理、操盘手、财务总监和人力资源经理等角色后，指导教师要就实战对抗进行讲解，使各团队了解实战对抗竞赛规则，熟悉和掌握开户过程，能够简单地操作行情软件，并就行情软件和所取得的账户进行演练操作。

在竞赛专用账户之外，另开一个账户进行演练操作。各团队演练股票买卖的操作过程，进行行业/板块和股票的分析与选择（详见表 2-1），以便接下来的模拟实战对抗竞赛顺利进行。

表 2-1 赛前模拟演练表

股票名称	代码	所属板块	买入价/买入时间	卖出价/卖出时间	成交数量	投资收益	收益率
总投资收益			总投资收益率				

➡ **投资箴言（众说纷纭）：**

发现有创新能力、成长能力的企业，借助资本市场的力量，和它们一起成长，收获价值。

投资者要能发现某些消费可能正在酝酿的重大变局，要敏锐把握国内消费升级的方向、消费者观念转变的动向，以及企业正在展开的具体经营动作。

操 作 记 录

2.3 证券模拟实战对抗过程控制表（投资经理用）

这部分的表格分为投资团队规划表、周计划表和日经营表，投资经理要带领团队成员一起制订相应的计划，所有计划的制订都应由所有成员和投资经理研究后，共同来完成。当意见不能统一时，为保证运转效率授予投资经理最终决策的权利。

➡ **投资箴言（众说纷纭）：**

在每个行业中，20％甚至更少的企业将获得行业市场80％甚至更高的利润，因此具备长期增长潜力的企业也必将是行业中的寡头垄断企业。

巴菲特说："我终生都在观察企业。"

投资团队规划表	
团队名称	
实战对抗用账号	
投资理念	
预定目标	
投资策略	
投资组合	
总体执行计划	
团队成员分工	

投资团队第一周工作计划表	
周工作会议主题	
周大盘走势分析	
周预定目标	
重点关注行业分析	
投资组合分析	
已有股票分析	
推荐新股分析	
周执行计划	
周工作小结	

投资团队第一日工作计划表	
开盘前工作会议	
日工作目标	
大盘走势预测分析	
重点关注行业/板块分析	
重点股票分析	
推荐新股分析	
日执行计划	

第一日工作总结		
证券模拟交易过程	每执行完一项操作,团队成员须在相应的方格内按要求填写	
请按顺序执行下列各项操作	每日大盘分析	
上证指数	开盘	
	收盘	
深证成指	开盘	
	收盘	
大盘分析		
次日大盘走势预测分析		
个股预测分析		
当日交易股票		
持有股票发展走势分析		
当日荐股		
荐股理由		
当日小结		

投资团队第二日工作计划表	
开盘前工作会议	
日工作目标	
大盘走势预测分析	
重点关注行业/板块分析	
重点股票分析	
推荐新股分析	
日执行计划	

第二日工作总结		
证券模拟交易过程		每执行完一项操作,团队成员须在相应的方格内按要求填写
请按顺序执行下列各项操作		每日大盘分析
上证指数	开盘	
	收盘	
深证成指	开盘	
	收盘	
大盘分析		
次日大盘走势预测分析		
个股预测分析		
当日交易股票		
持有股票发展走势分析		
当日荐股		
荐股理由		
当日小结		

投资团队第三日工作计划表	
开盘前工作会议	
日工作目标	
大盘走势预测分析	
重点关注行业/板块分析	
重点股票分析	
推荐新股分析	
日执行计划	

第三日工作总结		
证券模拟交易过程	每执行完一项操作,团队成员须在相应的方格内按要求填写	
请按顺序执行下列各项操作	每日大盘分析	
上证指数	开盘	
	收盘	
深证成指	开盘	
	收盘	
大盘分析		
次日大盘走势预测分析		
个股预测分析		
当日交易股票		
持有股票发展走势分析		
当日荐股		
荐股理由		
当日小结		

投资团队第四日工作计划表	
开盘前工作会议	
日工作目标	
大盘走势预测分析	
重点关注行业/板块分析	
重点股票分析	
推荐新股分析	
日执行计划	

第四日工作总结		
证券模拟交易过程	每执行完一项操作,团队成员须在相应的方格内按要求填写	
请按顺序执行下列各项操作	每日大盘分析	
上证指数	开盘	
	收盘	
深证成指	开盘	
	收盘	
大盘分析		
次日大盘走势预测分析		
个股预测分析		
当日交易股票		
持有股票发展走势分析		
当日荐股		
荐股理由		
当日小结		

投资团队第五日工作计划表	
开盘前工作会议	
日工作目标	
大盘走势预测分析	
重点关注行业/板块分析	
重点股票分析	
推荐新股分析	
日执行计划	

第五日工作总结			
证券模拟交易过程		每执行完一项操作,团队成员须在相应的方格内按要求填写	
请按顺序执行下列各项操作		每日大盘分析	
上证指数	开盘		
	收盘		
深证成指	开盘		
	收盘		
大盘分析			
次日大盘走势预测分析			
个股预测分析			
当日交易股票			
持有股票发展走势分析			
当日荐股			
荐股理由			
当日小结			

投资团队第二周工作计划表	
周工作会议主题	
周大盘走势分析	
周预定目标	
重点关注行业分析	
投资组合分析	
已有股票分析	
推荐新股分析	
周执行计划	
周工作小结	

投资团队第六日工作计划表	
开盘前工作会议	
日工作目标	
大盘走势预测分析	
重点关注行业/板块分析	
重点股票分析	
推荐新股分析	
日执行计划	

第六日工作总结		
证券模拟交易过程		每执行完一项操作,团队成员须在相应的方格内按要求填写
请按顺序执行下列各项操作		每日大盘分析
上证指数	开盘	
	收盘	
深证成指	开盘	
	收盘	
大盘分析		
次日大盘走势预测分析		
个股预测分析		
当日交易股票		
持有股票发展走势分析		
当日荐股		
荐股理由		
当日小结		

投资团队第七日工作计划表	
开盘前工作会议	
日工作目标	
大盘走势预测分析	
重点关注行业/板块分析	
重点股票分析	
推荐新股分析	
日执行计划	

第七日工作总结		
证券模拟交易过程	每执行完一项操作,团队成员须在相应的方格内按要求填写	
请按顺序执行下列各项操作	每日大盘分析	
上证指数	开盘	
	收盘	
深证成指	开盘	
	收盘	
大盘分析		
次日大盘走势预测分析		
个股预测分析		
当日交易股票		
持有股票发展走势分析		
当日荐股		
荐股理由		
当日小结		

投资团队第八日工作计划表	
开盘前工作会议	
日工作目标	
大盘走势预测分析	
重点关注行业/板块分析	
重点股票分析	
推荐新股分析	
日执行计划	

第八日工作总结		
证券模拟交易过程	每执行完一项操作，团队成员须在相应的方格内按要求填写	
请按顺序执行下列各项操作	每日大盘分析	
上证指数	开盘	
	收盘	
深证成指	开盘	
	收盘	
大盘分析		
次日大盘走势预测分析		
个股预测分析		
当日交易股票		
持有股票发展走势分析		
当日荐股		
荐股理由		
当日小结		

投资团队第九日工作计划表	
开盘前工作会议	
日工作目标	
大盘走势预测分析	
重点关注行业/板块分析	
重点股票分析	
推荐新股分析	
日执行计划	

第九日工作总结		
证券模拟交易过程	每执行完一项操作,团队成员须在相应的方格内按要求填写	
请按顺序执行下列各项操作	每日大盘分析	
上证指数	开盘	
	收盘	
深证成指	开盘	
	收盘	
大盘分析		
次日大盘走势预测分析		
个股预测分析		
当日交易股票		
持有股票发展走势分析		
当日荐股		
荐股理由		
当日小结		

投资团队第十日工作计划表	
开盘前工作会议	
日工作目标	
大盘走势预测分析	
重点关注行业/板块分析	
重点股票分析	
推荐新股分析	
日执行计划	

第十日工作总结		
证券模拟交易过程	每执行完一项操作,团队成员须在相应的方格内按要求填写	
请按顺序执行下列各项操作	每日大盘分析	
上证指数	开盘	
	收盘	
深证成指	开盘	
	收盘	
大盘分析		
次日大盘走势预测分析		
个股预测分析		
当日交易股票		
持有股票发展走势分析		
当日荐股		
荐股理由		
当日小结		

投资团队第三周工作计划表	
周工作会议主题	
周大盘走势分析	
周预定目标	
重点关注行业分析	
投资组合分析	
已有股票分析	
推荐新股分析	
周执行计划	
周工作小结	

投资团队第四周工作计划表	
周工作会议主题	
周大盘走势分析	
周预定目标	
重点关注行业分析	
投资组合分析	
已有股票分析	
推荐新股分析	
周执行计划	
周工作小结	

操作记录

2.4 证券模拟实战对抗过程控制表(操盘手用)

各团队选择一个成员作为操盘手,执行投资经理下达的买入和卖出的指令,并记录每天买进股票、卖出股票的基本信息,记录买进、卖出股票的价格、时间、数量、盈亏情况等,对整个投资交易的过程进行监督。

➡ **投资箴言(众说纷纭):**

世界上80％的投资者是主动型投资者,他们试图找出市场上的无效之处,并予以纠正,从中获得利润。剩下20％是被动型投资者,他们仅仅购买整个市场,并且很少做交易,仅仅一直持有市场组合。结局并不出人意料:从长期看,75％的主动型投资者无法战胜被动型投资者。在某些领域(例如成长型大盘股),97％主动型的投资者都无法战胜被动型投资者。被动型投资者只是达到了市场平均水平,就已经战胜了绝大部分自以为比市场更聪明的人。

第一周证券交易过程记录

每执行完一项操作,团队成员须在相应的方格内按要求填写记录当天交易的股票买入、卖出及所属板块、涨跌幅等情况。请按买卖的时间顺序记录下列各项操作和相关内容。

股票名称	代码	所属板块	买入价	买入时间	卖出价	卖出时间	成交数量	涨跌(±%)

第二周证券交易过程记录

每执行完一项操作,团队成员须在相应的方格内按要求填写记录当天交易的股票买入、卖出及所属板块、涨跌幅等情况。请按买卖的时间顺序记录下列各项操作和相关内容。

股票名称	代码	所属板块	买入价	买入时间	卖出价	卖出时间	成交数量	涨跌(±%)

第三周证券交易过程记录

每执行完一项操作,团队成员须在相应的方格内按要求填写记录当天交易的股票买入、卖出及所属板块、涨跌幅等情况。请按买卖的时间顺序记录下列各项操作和相关内容。

股票名称	代码	所属板块	买入价	买入时间	卖出价	卖出时间	成交数量	涨跌(±%)

第四周证券交易过程记录

每执行完一项操作,团队成员须在相应的方格内按要求填写记录当天交易的股票买入、卖出及所属板块、涨跌幅等情况。请按买卖的时间顺序记录下列各项操作和相关内容。

股票名称	代码	所属板块	买入价	买入时间	卖出价	卖出时间	成交数量	涨跌(±%)

操作记录

2.5 证券模拟交易过程控制表(财务总监用)

各团队选择一个成员作为财务总监,记录买进股票和卖出股票使用的资金情况,每天、每周及整个竞赛期间现金流量信息,计算盈亏及总资产等。

⇨ **投资箴言(众说纷纭):**

要战胜大部分人非常简单,你只需要耐心并且坚持原则。以十年为周期看,大约有一半的人能超越被动投资者;但是以四十年为周期看,至今只有沃伦·巴菲特等少数人能够战胜被动投资者。所以,要有恒心,尤其要有毅力。

只要做好自己的本职工作,不认为自己比别人聪明,你就可以得到比大部分人更好的成果。主动型投资者经常失败,因为他们总以为自己比所有人都聪明,经常做出自鸣得意的交易决策,一旦失败,就会心态失常。被动型投资者只希望做到一般水准,所以最成功。

账户交易记录表一（第一周）							
时间	买入股票支出现金	卖出股票收到现金	持股市值	赢利额	亏损额	持有现金	总资产
第一天							
第二天							
第三天							
第四天							
第五天							
第一周合计							
持股市值			持有现金				
总资产			盈亏额		盈亏率		

账户交易记录表二（第二周）							
时间	买入股票支出现金	卖出股票收到现金	持股市值	赢利额	亏损额	持有现金	总资产
第一天							
第二天							
第三天							
第四天							
第五天							
第二周合计							
持股市值			持有现金				
总资产			盈亏额		盈亏率		

账户交易记录表三（第三周）							
时间	买入股票支出现金	卖出股票收到现金	持股市值	赢利额	亏损额	持有现金	总资产
第一天							
第二天							
第三天							
第四天							
第五天							
第三周合计							
持股市值			持有现金				
总资产			盈亏额		盈亏率		

账户交易记录表四（第四周）							
时间	买入股票支出现金	卖出股票收到现金	持股市值	赢利额	亏损额	持有现金	总资产
第一天							
第二天							
第三天							
第四天							
第五天							
第四周合计							
持股市值			持有现金				
总资产			盈亏额		盈亏率		
实战对抗总计							
持股总市值			持有现金总额				
总资产			总盈亏额		总盈亏率		

＿＿＿＿公司财务报表分析		
	财务指标	数值
短期偿债能力	流动比率	
	速动比例	
长期偿债能力	资产负债率	
	产权比率	
	有形资产净值债务率	
	利息保障倍数	
营运能力分析	存货周转率	
	应收账款周转率	
	总资产周转率	
赢利能力分析	主营业务净利率	
	主营业务毛利率	
	资产净利率	
	净资产收益率	
	每股收益	
	市盈率	
财务弹性分析	现金股利保障倍数	
分析结论		

＿＿＿＿公司财务报表分析		
	财务指标	数值
短期偿债能力	流动比率	
	速动比例	
长期偿债能力	资产负债率	
	产权比率	
	有形资产净值债务率	
	利息保障倍数	
营运能力分析	存货周转率	
	应收账款周转率	
	总资产周转率	
赢利能力分析	主营业务净利率	
	主营业务毛利率	
	资产净利率	
	净资产收益率	
	每股收益	
	市盈率	
财务弹性分析	现金股利保障倍数	
分析结论		

➡ **投资箴言（众说纷纭）：**

经常变换道路是不可能成功的。如果你从 1966 年开始投资美国股市，一直不替换投资组合，今天你将是超级富翁。但是，如果你经常变换投资策略，不停地把钱从一个冷门股票转到一个热门股票或行业，你的下场可能是亏损（这是有统计学支持的）。

_____公司财务报表分析		数值
短期偿债能力	流动比率	
	速动比例	
长期偿债能力	资产负债率	
	产权比率	
	有形资产净值债务率	
	利息保障倍数	
营运能力分析	存货周转率	
	应收账款周转率	
	总资产周转率	
赢利能力分析	主营业务净利率	
	主营业务毛利率	
	资产净利率	
	净资产收益率	
	每股收益	
	市盈率	
财务弹性分析	现金股利保障倍数	
分析结论		

_____公司财务报表分析		数值
短期偿债能力	流动比率	
	速动比例	
长期偿债能力	资产负债率	
	产权比率	
	有形资产净值债务率	
	利息保障倍数	
营运能力分析	存货周转率	
	应收账款周转率	
	总资产周转率	
赢利能力分析	主营业务净利率	
	主营业务毛利率	
	资产净利率	
	净资产收益率	
	每股收益	
	市盈率	
财务弹性分析	现金股利保障倍数	
分析结论		

➡ 投资箴言(众说纷纭):

　　许多现在比你成功的人,将来会不如你,前提是你默默努力,不要自暴自弃。绝大部分基金经理人在打败市场几年后,会迅速落后于市场,而那些落后于市场的基金经理人经常在 5 年到 10 年内赶上来。只要你不做傻事,即使什么都不做,你仍然有很大希望打败那些曾经打败你的人。

操　作　记　录

2.6　证券模拟实战对抗过程控制表（人力资源经理用）

　　各团队选择一个成员作为人力资源经理，对全组成员的出勤和所受奖惩进行记录，并将竞赛过程中每个人的相关具体表现记录下来，作为评定每个人平时表现的重要依据。

➡ 投资箴言（众说纷纭）：

　　大部分人比你成功的原因是他们运气更好，而不是水平更高。一切统计资料都证明，基金经理的投资水平与普通投资者没有显著差异，大部分收益差距来自运气。失败的时候不要乱找原因，你缺乏的可能仅仅是运气。保持平静的心态，运气会来的。

　　统计数据已经无可争辩地告诉我们，在投资中，你唯一需要的是耐心和正确的心态，不要自暴自弃，不要追逐热门的东西，等待属于你自己的时机到来。

（1）记录每个成员的出勤情况：

时间	日期	投资经理	成员 1	成员 2	成员 3	成员 4	成员 5	成员 6	……
第一周									
第二周									
第三周									
第四周									

（2）记录每个成员在实训中出错的情况：

_____

_____

_____

（3）记录团队成员获裁判组奖励的情况：

_____

_____

_____

（4）记录团队成员受裁判组处罚的情况：

_____

_____

_____

➡ **投资箴言（众说纷纭）：**

　　你一定要先想到失败。投资时我就是先设想，投资失败可以到什么程度？

　　任何事业均要考虑自己的能力才能平衡风险，一帆风顺是不可能的。

（5）其他需要记录的事项：

_____

_____

_____

_____

（6）对团队成员参与度与贡献度提出综合排序的建议：

成员	出勤	参与度排名	贡献度排名	综合排序
成员 1				
成员 2				
成员 3				
成员 4				
成员 5				
成员 6				
……				

日期：

　　（说明：此排名建议提交投资经理作最终决定后交指导老师，由指导老师依据团队竞赛成绩、团队内排名和实训总结报告给出具体实训成绩；投资经理本人不参加此排名，其实训成绩由指导老师直接依据团队竞赛成绩、团队综合表现和实训总结报告直接给出）

➡ 投资箴言（众说纷纭）：

　　关键在于要做足准备工夫、量力而为、平衡风险。我常说"审慎"也是一门艺术，是能够把握适当的时间做出迅速的决定，但是这不是议而不决、停滞不前的借口。

　　不要贪婪。

操 作 记 录

2.7 证券模拟实战对抗行情分析表(所有人员用)

　　各团队所有成员包括投资经理在内的每个人都是证券分析师,都要对 1~3 个行业或板块进行分析,分析行业或板块的整体发展情况,并对行业或板块中的个股进行分析;选出分析师最为关注的股票,并进行深入的整体分析和跟踪分析,为整个团队的投资组合和股票选择提供有价值的参考。这样使每一个团队成员都可以在实训当中充分发挥自身的作用。

➡ 投资箴言(众说纷纭):

　　要投资那些始终把股东利益放在首位的企业。

　　不要在意某家公司来年可赚多少,只要在意其未来 5 年至 10 年能赚多少。

　　投资是买下一家公司,而不是股票。

重点关注板块一	行业/板块分析记录表
行业/板块名称	
行业/板块发展状况	
行业/板块特点	
行业/板块整体走势分析	
影响行业/板块的主要因素分析	
影响行业/板块发展的重大事件/宏观经济政策	
行业/板块中股票数量	
行业/板块中重点股票名称、代码	
分析师重点关注的股票的名称、代码	

<div align="center">_____行业/板块重点股票分析记录表(1-1)</div>			
股票名称		代码	
公司概况 （基本资料、发行上市、 关联企业等信息）			
股东研究 （股东变化、基金持股、 股东简介等）			
主力追踪 （机构持股汇总、 股东户数、机构持股 明细等信息）			
财务分析 （财务指标、异动分析、 环比分析、财务预警）			
经营分析 （主营业务构成、经 营投资、关联企业经 营状况等信息）			
重要事项 （资本运作、风险提 示、其他事项）			
关联个股 （同大股东个股、同 行业个股、股本相近 个股、同概念个股）			
股票技术分析 （K线分析、切线分析、 形态分析等）			
指标分析 （市场趋势指标、市 场动量指标、市场人 气指标等分析）			

个股走势跟踪记录表

（影响个股基本面、技术面等重要信息追踪记录，以及何时荐股、荐股理由）

日期	
日期	
日期	
日期	
日期	
日期	
日期	
日期	
日期	
日期	
日期	
日期	
备注	

_____行业/板块重点股票分析记录表(1-2)			
股票名称		代码	
公司概况 (基本资料、发行上市、 关联企业等信息)			
股东研究 (股东变化、基金持股、 股东简介等)			
主力追踪 (机构持股汇总、 股东户数、机构持股 明细等信息)			
财务分析 (财务指标、异动分析、 环比分析、财务预警)			
经营分析 (主营业务构成、经 营投资、关联企业经 营状况等信息)			
重要事项 (资本运作、风险提 示、其他事项)			
关联个股 (同大股东个股、同 行业个股、股本相近 个股、同概念个股)			
股票技术分析 (K线分析、切线分析、 形态分析等)			
指标分析 (市场趋势指标、市 场动量指标、市场人 气指标等分析)			

个股走势跟踪记录表
（影响个股基本面、技术面等重要信息追踪记录，以及何时荐股、荐股理由）

日期	
日期	
日期	
日期	
日期	
日期	
日期	
日期	
日期	
日期	
日期	
日期	
日期	
备注	

_____行业/板块重点股票分析记录表(1-3)			
股票名称		代码	
公司概况 (基本资料、发行上市、 关联企业等信息)			
股东研究 (股东变化、基金持股、 股东简介等)			
主力追踪 (机构持股汇总、 股东户数、机构持股 明细等信息)			
财务分析 (财务指标、异动分析、 环比分析、财务预警)			
经营分析 (主营业务构成、经 营投资、关联企业经 营状况等信息)			
重要事项 (资本运作、风险提 示、其他事项)			
关联个股 (同大股东个股、同 行业个股、股本相近 个股、同概念个股)			
股票技术分析 (K线分析、切线分析、 形态分析等)			
指标分析 (市场趋势指标、市 场动量指标、市场 人气指标等分析)			

个股走势跟踪记录表 （影响个股基本面、技术面等重要信息追踪记录，以及何时荐股、荐股理由）	
日期	
日期	
日期	
日期	
日期	
日期	
日期	
日期	
日期	
日期	
日期	
日期	
日期	
备注	

重点关注板块二	行业/板块分析记录表
行业/板块名称	
行业/板块发展状况	
行业/板块特点	
行业/板块整体走势分析	
影响行业/板块的主要因素分析	
影响行业/板块发展的重大事件/宏观经济政策	
行业/板块中股票数量	
行业/板块中重点股票名称、代码	
分析师重点关注的股票的名称、代码	

_____行业/板块重点股票分析记录表(2-1)

股票名称		代码	
公司概况 (基本资料、发行上市、 关联企业等信息)			
股东研究 (股东变化、基金持股、 股东简介等)			
主力追踪 (机构持股汇总、 股东户数、机构持股 明细等信息)			
财务分析 (财务指标、异动分析、 环比分析、财务预警)			
经营分析 (主营业务构成、经 营投资、关联企业经 营状况等信息)			
重要事项 (资本运作、风险提 示、其他事项)			
关联个股 (同大股东个股、同 行业个股、股本相近 个股、同概念个股)			
股票技术分析 (K 线分析、切线分析、 形态分析等)			
指标分析 (市场趋势指标、市 场动量指标、市场 人气指标等分析)			

个股走势跟踪记录表 （影响个股基本面、技术面等重要信息追踪记录，以及何时荐股、荐股理由）	
日期	
日期	
日期	
日期	
日期	
日期	
日期	
日期	
日期	
日期	
日期	
日期	
备注	

_____行业/板块重点股票分析记录表(2-2)			
股票名称		代码	
公司概况 （基本资料、发行上市、 关联企业等信息）			
股东研究 （股东变化、基金持股、 股东简介等）			
主力追踪 （机构持股汇总、 股东户数、机构持股 明细等信息）			
财务分析 （财务指标、异动分析、 环比分析、财务预警）			
经营分析 （主营业务构成、经 营投资、关联企业经 营状况等信息）			
重要事项 （资本运作、风险提 示、其他事项）			
关联个股 （同大股东个股、同 行业个股、股本相近 个股、同概念个股）			
股票技术分析 （K 线分析、切线分析、 形态分析等）			
指标分析 （市场趋势指标、市 场动量指标、市场 人气指标等分析）			

个股走势跟踪记录表
（影响个股基本面、技术面等重要信息追踪记录，以及何时荐股、荐股理由）

日期	
日期	
日期	
日期	
日期	
日期	
日期	
日期	
日期	
日期	
日期	
日期	
日期	
备注	

_____行业/板块重点股票分析记录表(2-3)

股票名称		代码	
公司概况 (基本资料、发行上市、 关联企业等信息)			
股东研究 (股东变化、基金持股、 股东简介等)			
主力追踪 (机构持股汇总、 股东户数、机构持股 明细等信息)			
财务分析 (财务指标、异动分析、 环比分析、财务预警)			
经营分析 (主营业务构成、经 营投资、关联企业经 营状况等信息)			
重要事项 (资本运作、风险提 示、其他事项)			
关联个股 (同大股东个股、同 行业个股、股本相近 个股、同概念个股)			
股票技术分析 (K线分析、切线分析、 形态分析等)			
指标分析 (市场趋势指标、市 场动量指标、市场 人气指标等分析)			

	个股走势跟踪记录表
	（影响个股基本面、技术面等重要信息追踪记录，以及何时荐股、荐股理由）
日期	
日期	
日期	
日期	
日期	
日期	
日期	
日期	
日期	
日期	
日期	
日期	
日期	
备注	

重点关注板块三	行业/板块分析记录表
行业/板块名称	
行业/板块发展状况	
行业/板块特点	
行业/板块整体走势分析	
影响行业/板块的主要因素分析	
影响行业/板块发展的重大事件/宏观经济政策	
行业/板块中股票数量	
行业/板块中重点股票名称、代码	
分析师重点关注的股票的名称、代码	

_____行业/板块重点股票分析记录表(3-1)			
股票名称		代码	
公司概况 （基本资料、发行上市、 关联企业等信息）			
股东研究 （股东变化、基金持股、 股东简介等）			
主力追踪 （机构持股汇总、 股东户数、机构持股 明细等信息）			
财务分析 （财务指标、异动分析、 环比分析、财务预警）			
经营分析 （主营业务构成、经 营投资、关联企业经 营状况等信息）			
重要事项 （资本运作、风险提 示、其他事项）			
关联个股 （同大股东个股、同 行业个股、股本相近 个股、同概念个股）			
股票技术分析 （K 线分析、切线分析、 形态分析等）			
指标分析 （市场趋势指标、市 场动量指标、市场 人气指标等分析）			

个股走势跟踪记录表	
（影响个股基本面、技术面等重要信息追踪记录，以及何时荐股、荐股理由）	
日期	
日期	
日期	
日期	
日期	
日期	
日期	
日期	
日期	
日期	
日期	
日期	
日期	
备注	

_____行业/板块重点股票分析记录表（3-2）

股票名称		代码	
公司概况 （基本资料、发行上市、 关联企业等信息）			
股东研究 （股东变化、基金持股、 股东简介等）			
主力追踪 （机构持股汇总、 股东户数、机构持股 明细等信息）			
财务分析 （财务指标、异动分析、 环比分析、财务预警）			
经营分析 （主营业务构成、经 营投资、关联企业经 营状况等信息）			
重要事项 （资本运作、风险提 示、其他事项）			
关联个股 （同大股东个股、同 行业个股、股本相近 个股、同概念个股）			
股票技术分析 （K线分析、切线分析、 形态分析等）			
指标分析 （市场趋势指标、市 场动量指标、市场 人气指标等分析）			

个股走势跟踪记录表
（影响个股基本面、技术面等重要信息追踪记录，以及何时荐股、荐股理由）

日期	
日期	
日期	
日期	
日期	
日期	
日期	
日期	
日期	
日期	
日期	
日期	
日期	
备注	

_____行业/板块重点股票分析记录表(3-3)			
股票名称		代码	
公司概况 (基本资料、发行上市、 关联企业等信息)			
股东研究 (股东变化、基金持股、 股东简介等)			
主力追踪 (机构持股汇总、 股东户数、机构持股 明细等信息)			
财务分析 (财务指标、异动分 析、环比分析、财务 预警)			
经营分析 (主营业务构成、经 营投资、关联企业经 营状况等信息)			
重要事项 (资本运作、风险提 示、其他事项)			
关联个股 (同大股东个股、同 行业个股、股本相近 个股、同概念个股)			
股票技术分析 (K线分析、切线分析、 形态分析等)			
指标分析 (市场趋势指标、市 场动量指标、市场 人气指标等分析)			

<table>
<tr><td colspan="2" align="center">个股走势跟踪记录表
（影响个股基本面、技术面等重要信息追踪记录，以及何时荐股、荐股理由）</td></tr>
<tr><td>日期</td><td></td></tr>
<tr><td>日期</td><td></td></tr>
<tr><td>日期</td><td></td></tr>
<tr><td>日期</td><td></td></tr>
<tr><td>日期</td><td></td></tr>
<tr><td>日期</td><td></td></tr>
<tr><td>日期</td><td></td></tr>
<tr><td>日期</td><td></td></tr>
<tr><td>日期</td><td></td></tr>
<tr><td>日期</td><td></td></tr>
<tr><td>日期</td><td></td></tr>
<tr><td>日期</td><td></td></tr>
<tr><td>日期</td><td></td></tr>
<tr><td>备注</td><td></td></tr>
</table>

2.8 竞赛中的分专题知识交流

本节内容安排,既是对所学理论知识的回顾分享,又是对学生讲解理论知识的锻炼,在竞赛的过程中穿插进行,鼓励结合正在进行的实践讲解。本着严谨认真负责的态度,各投资团队需集体充分准备交流专题的内容,派代表在开盘前进行 30~40 分钟的专题知识交流,讲解人可以是投资经理,也可以是团队的其他成员,同时允许个别发言,作为补充。鼓励听讲的学生就相关内容进行提问。

专题分享的内容包括 K 线理论、切线理论、形态理论、波浪理论、循环周期理论、各类技术分析指标和基本面分析等。各投资团队所选专题可以是自选,也可以由指导教师指定。

专题一:技术分析的基本内容

1. 什么是技术分析?
2. 简述技术分析的理论依据、技术分析的对象体系。
3. 简述技术分析的流派类别、技术分析的作用及应注意的问题。

(不够可另加附页)

专题二:K 线理论

1. 简述 K 线图形分析的基本出发点、K 线的画法。

2. 简述单根 K 线的种类及各自所表示的意思。

3. 简述多根 K 线组合分析的方法、量价结合的分析方法。

4. 简述应用 K 线分析理论时应注意的问题。

（不够可另加附页）

专题三:切线理论

1. 简述切线理论分析的基本出发点。

2. 简述趋势分析方法及其趋势方向。

3. 简述支撑线与压力线、趋势线、轨道线和交叉线、黄金分割线和百分比线、扇形线、速度线和甘氏线的分析技巧。

4. 简述应用切线理论时应注意的问题。

(不够可另加附页)

专题四：形态理论

1. 简述形态学分析的基本出发点。

2. 简述反转形态、整理形态的种类、判别的方法、表示的意义。

3. 简述切线分析的基本出发点，阻力线和支撑线、趋势线和轨道线、黄金分割线、扇形线、速度线和缺口的分析技巧。

4. 简述运用形态理论时应注意的事项。

（不够可另加附页）

专题五:技术指标分析(此专题可以分为若干子专题)

1. 简述技术指标的基本应用法则。

2. 简述技术指标的种类及应用法则。

(1) 简述移动平均线(MA)、平滑异同移动平均线(MACD)指标。

(2) 简述强弱相对指标(RSI)。

(3) 简述威廉指标(%R)和 KDJ 指标。

(4) 简述乖离率(BIAS)指标。

(5) 简述能量潮(OBV)指标。

(6) 简述大盘分析指标、腾落指标(ADL)、回归式腾落指数(ADR)、超买超卖(OBOS)指标。

3. 简述应用技术指标分析时应注意的问题。

(不够可另加附页)

专题六：基本分析

1. 简述基本面分析的主要内容。
2. 简述基本面分析的主要方法。
3. 简述基本面分析的具体运用。
4. 简述应用基本面分析时应注意的问题。

（不够可另加附页）

专题七：（开放专题）

1.

2.

3.

4.

（不够可另加附页）

专题八：（开放专题）

1.

2.

3.

4.

（不够可另加附页）

阅读材料 2-1

第十七届网易模拟炒股大赛简介

参赛方法:打开网易模拟炒股大赛页面,用网易通行证登录即可报名,无须选择用户组。

报名时间:2010 年 6 月 1 日—8 月 31 日,期间可随时参加或退出比赛。

比赛时间:2010 年 6 月 1 日—8 月 31 日。

比赛规则:

1. 可买股票、封闭基金;创业板操作;不可买权证,不可申购新股,新股上市第一天不可买入。

2. 为了更好地给大家提供一个交流的平台,参与比赛者需要开通炒股微博,参赛期间平均每日最少发表一条包含"#模拟炒股"的炒股微博与大家分享炒股经验;没有达到此要求的网友将被取消领奖资格,另外刷屏作弊无效。

未开通微博的网友可登录 http://t.163.com/invite/-2389296196786595126,在这里开通炒股微博。

3. 报名者在比赛期间没有进行任何成功买入操作,视为自动放弃比赛。

奖项设置:

第一名奖金 10 000 元,第二名 5 000 元,第三名 3 000 元,第四名至第十名各 1 000 元。(均为税前奖金)奖金将于获奖者提供领奖资料两个月后汇至获奖者账户中。

获奖排名:

排名指标为各选手参赛账户在赛期最后一个交易日收市后,所有有价证券当日总市值加上资金余额作为该账户的资产总市值(不考虑配股、增发影响),即总资金市值。按照资金市值从高到低排列,依次为冠军、亚军、季军。参赛选手如果使用多个账号,填写同样的身份证号码或者手机号码,以本次比赛开始后最早委托的账号为准,其他账号如果登录都会提醒为作废。如果发现填写的不是本人身份证或者电话号码,将取消比赛成绩。

每日收评要求:

炒股日志:为鼓励大家多多运用自己的炒股知识,网易财经鼓励每日前 10 名选手在模拟炒股论坛撰写大盘分析、收盘日记。字数要求 200 字以上,具体格式请参考以往网友的炒股日志模板。

"#模拟炒股"话题微博:为了更好地给大家提供一个交流的平台,参与比赛者需要开通炒股微博,参赛期间平均每日最少发表一条包含"#模拟炒股"的炒股微博与大家分享炒股经验,刷屏作弊无效。

➡ **投资箴言(众说纷纭):**

你不得不在别人恐惧时进发,在别人贪婪时收手。

并不是每个人都适合做投资,应判断自己的心理状态是否适合投资,能不能避免从众心理;当与周围人的看法相反的时候能不能坚持自己的判断,独立投资;当开始赔钱时能不能忍受并坚持下去;成功的时候会不会觉得自己是世界上最聪明的人,赚钱的时候能不能冷静一些,想到自己并不是最聪明的人。具备了上述基本素质后,还要做大量的准备工作,要学会控制风险(千万不要认为想象中的一些风险不会出现),学会耐心等待。

注：炒股日志不再作为网友领奖的必要条件，在此届比赛中将"＃模拟炒股"微博话题作为领奖的必要条件，如不能达到此要求的网友最后会被取消领奖资格。

比赛详细日程安排：

5 月 31 日晚将清空上期模拟炒股大赛的数据，同时正式开始报名，报名后即可参加比赛。网友可以登录模拟炒股系统，5 月 31 日晚 10 点前可以熟悉界面，练习委托，但不能进行交易。

6 月 1 日开始正式交易。本竞赛在集合竞价期间不会成交。本竞赛接受 24 小时委托（系统清算时间除外，清算时间为每日 15:00—17:00），当日清算后的委托为第二天的委托，在清算时间内的委托单可能无效，请尽量不要在该时间段内下单。

撮合时间为正常交易日的交易时间：9:31—11:29，13:01—14:59。

8 月 31 日收盘后比赛结束，停止交易，停止排行榜更新。参赛者可以选择比赛结束前卖出股票，如果不卖出，系统会按照收盘价计算收益。

8 月 31 日公布获奖名单。连续公示 3 日，接受大家的审核。

8 月 31 日—9 月 5 日向获奖者索取详细联系方式（包括开户行、银行账号、身份证复印件、通信地址、手机号码）。

2010 年 9 月 15 日之前，获奖者如果不能提供详细联系方式，视为自动弃权。

2010 年 11 月底，获奖者奖金可以到账。

摘编自：http://bbs.money.163.com/bbs/chaogu/178567492.html。

阅读材料 2-2

股票市场常用术语

1. 牛市：股市前景乐观，股票价格持续上升的行情。

2. 熊市：前途暗淡，股票普遍持续下跌的行情。

3. 猴市：猴子总是蹦蹦跳跳的，就用它来比喻股市的大幅振荡。

4. 鹿市：鹿比较温顺，人们用它来比喻股市的平缓行情。

5. 提宫灯：日本对散户的称呼，指追随他人买进或卖出，基本上没有主见的投资者。

6. 满堂红/全盘飘绿：股票的上涨在电子显示器中一般用红色表示，而股票的下跌一般用绿色标识，所以当全部的股票都上涨时就称为满堂红，当所有的股票都下跌时就称为全盘飘绿。

7. 抢帽子：指当天先低价买进，等股价上升后再卖出相同种类和相同数量的股票，或当

投资箴言（众说纷纭）：

如何判断头部和底部？当每一个人都对金融市场表示乐观，许多人放弃原来的工作加入投资行列，大学毕业生纷纷进入金融业，新闻媒体充斥着好消息的时候，尤其要保持清醒的头脑，牛市可能到达顶峰，要找到市场的顶点是非常困难的，但出现了上述情况，应该考虑卖出了；随后市场的下跌可能会持续很长一段时间，快接近底部的时候，到处充斥着投资者破产的报道，大学生都不愿进入金融行业，市场低迷，这种情况出现的时候，理智的投资者应该密切关注证券市场，必须摒弃从众心理，因为大部分人会认为市场非常糟糕，而他们在大部分时候都是错误的。

必须记住的是：当大多数人都认为一项投资很赚钱，这样的投资一定会有问题。

天先卖出股票,然后再以低价买进相同数量和相同种类的股票,以获取差价利益。

8. 开盘价:当天的第一笔交易成交价格。

9. 收盘价:当天的最后一笔交易成交价格。

10. 开高(高开):今日开盘价在昨日收盘价之上。

11. 开平(平开):今日开盘价与昨日收盘价持平。

12. 开低(低开):今日开盘价在昨日收盘价之下。

13. 最高盘价:当天的最高成交价格。

14. 最低盘价:当天的最低成交价格。

15. 趋势:股价在一段时间内朝某一方向运动,即为趋势。

16. 涨势:股价在一段时间内不断朝新高价方向移动。

17. 跌势:股价在一段时间内不断朝新低价方向移动。

18. 割肉(斩仓):在买入股票后,股价下跌,投资者为避免损失扩大而低价(赔本)卖出股票的行为。

19. 平仓:投资者在股票市场上卖出股票的行为。

20. 建仓:投资者开始买入看涨的股票。

21. 护盘:股市低落、人气不足时,机构投资大户大量购进股票,防止股市继续下滑的行为。

22. 卖压:在股市上大量抛出股票,使股价迅速下跌。

23. 买压:买股票的人很多,而卖股票的人却很少。

24. 买盘强劲:股市交易中买方的欲望强烈,造成股价上涨。

25. 卖压沉重:股市交易中持股者争相抛售股票,造成股价下跌。

26. 热门股:交易量大、换手率高、流通性强的股票,特点是价格变动幅度较大,与冷门股相对。

27. 筹码:投资人手中持有的一定数量的股票。

28. 现手:当前某一股票的成交量。

29. 线:将股市的各项资料中的同类数据表现在图表上,作为行情判断基础的点的集合。如 K 线、移动平均线等。

30. 散户:通常指投资额较少,资金数量达不到证券交易所要求的中户标准,常被称为散户。(目前进入中户有些地方是 50 万元资金,有些地方是 30 万元资金)

31. 实多:指资金实力雄厚、持股时间长,不做见跌就买见涨就卖,只图眼前一点小利的投资者。

32. 浮多:与实多相对,指资金较弱、持股时间短、见涨就卖见跌就买、只图眼前利益的

➡ **投资箴言(众说纷纭):**

在这个混沌的世界里,追求确定性的预测,仍然超出了人类理智的极限。任何天才只要作判断的次数足够多,一定会向平均数回归。

巴菲特阅读大量的企业年报,从年报信息中判断哪是"便宜货"。

当所有的参加者都习惯某一规则的时候,游戏的规则也将发生变化。

小投资者。

33. 多头：在一个时间段内看好股市者，投资人预期未来价格上涨，以目前价格买入一定数量的股票等价格上涨后，高价卖出，从而赚取差价利润的交易行为，特点为先买后卖的交易行为。

34. 空头：在一个时间段内看跌股市者，投资人预期未来行情下跌，将手中股票按目前价格卖出，待行情下跌后买进，获得差价利润。其特点为先卖后买。

35. 死多头：总是看好股市，总拿着股票，即使是被套得很深，也对股市充满信心的投资者。

36. 死空头：总是认为股市情况不好，不能买入股票，股票会大幅下跌的投资者。

37. 利多：对于多头有利，能刺激股价上涨的各种因素和消息，如银行利率降低、公司经营状况好转等。

38. 利空：对空头有利，能促使股价下跌的因素和信息，如银根抽紧、利率上升、经济衰退、公司经营状况恶化等。

39. 多翻空：多头确信股价已涨到顶峰，因而大批卖出手中股票成为空头。

40. 空翻多：空头确信股价已跌到尽头，于是大量买入股票而成为多头。

41. 关卡：股市受利多信息的影响，股价上涨至某一价格时，做多头的认为有利可图，便大量卖出，使股价至此停止上升，甚至出现回跌。股市上一般将这种遇到阻力时的价位称为关卡，股价上升时的关卡称为阻力线。

42. 突破：股价向上冲过阻力线。

43. 跌破：股价向下跌到支撑线以下。

44. 反转：股价朝原来趋势的相反方向移动，分为向上反转和向下反转。

45. 反弹：股票价格在下跌趋势中因下跌过快而回升的价格调整现象。回升幅度一般小于下跌幅度。

46. 回档：股价下跌，在多头市场上，股价涨势强劲，但因过快而出现回跌，称回档。

47. 阴跌：指股价进一步退两步，缓慢下滑的情况，如阴雨连绵，长期不止。

48. 停板：因股票价格波动超过一定限度而停做交易。其中因股票价格上涨超过一定限度而停做交易叫涨停板，其中因股票价格下跌超过一定限度而停做交易叫跌停板。目前国内规定 A 股涨跌幅度的限度为±10％，ST 股为±5％。

49. 盘档：一是当天股价波动幅度很小，最高与最低价之间不超过 2％；二是行情进入整理，上下波动幅度也不大，持续时间在半个月以上。

50. 压力点/压力线：股价在涨升过程中，碰到某一高点（或线）后停止涨升、出现回落，此点（或线）称为压力点（或线）。

51. 支撑点/支撑线：股价在下跌过程中，碰到某一低点（或线）后停止下跌、出现回升，此点（或线）称为支撑点（或线）。

➡ 投资箴言（众说纷纭）：

无法控制情绪的人不会从投资中获利。

选定一个好的投资标的后，几乎就永远不必卖出了。

唯有在卖压最大时，才是那只股票投资价值最大的时候。

52. 探底：寻找股价最低点过程，探底成功后股价由最低点开始上升。

53. 底部：股价长期趋势线的最低部分。

54. 头部：股价长期趋势线的最高部分。

55. 套牢：买入股票后，股价下跌，无法抛出。预期股价上涨而买入股票，结果股价却下跌，又不甘心将股票卖出，被动等待获利时机的出现。

56. 骗线：主力或大户利用市场心理，在趋势线上做手脚，使散户作出错误的决定。

57. 惯压：用大量股票将股价大幅度压低，以便低成本大量买进。

58. 踏空：投资者因看淡后市，卖出股票后，该股价却一路上扬，未能及时买入，因而未能赚得利润。

59. 跳水：指股价迅速下滑，幅度很大，超过前一交易日的最低价很多。

60. 对敲：是股票投资者（庄家或大的机构投资者）的一种交易手法。具体操作方法为在多家营业部同时开户，以拉锯方式在各营业部之间报价交易，以达到操纵股价的目的。

61. 坐轿：预期股价将会大涨，或者知道有庄家在炒作而先期买进股票，让别人去抬高股价，等股价大涨后卖出股票，自己可以不费多大力气就能赚得大钱。

62. 抬轿：认为目前股价处于低位，上升空间很大，于是认为，买进是坐轿，殊不知自己买进的并不是低价，不见得就能赚钱，其结果是在替别人抬轿子。

63. 诱多：股价盘旋已久，下跌可能性渐大，"空头"大都已卖出股票后，突然"空方"将股票拉高，误使"多方"以为股价会向上突破，纷纷加码，结果"空头"由高价惯压而下，使"多头误入陷阱"而"套牢"，称为"诱多"。

64. 诱空："主力多头"买进股票后，再故意将股价做软，使"空头"误信股价将大跌，故纷纷抛出股票错过获利机会，形成误入"多头"的陷阱，称为"诱空"。

65. 多头陷阱：为多头设置的陷阱，通常发生在指数或股价屡创新高，并迅速突破原来的指数区且达到新高点，随后迅速滑落跌破以前的支撑位，结果使在高位买进的投资者严重被套。

66. 空头陷阱：通常出现在指数或股价从高位区以高成交量跌至一个新的低点区，并造成向下突破的假象，使恐慌抛盘涌出后迅速回升至原先的密集成交区，并向上突破原压力线，使在低点卖出者踏空。

67. 短多：短线多头交易，长则两三天短则一两天，操作依据是预期股价短期看好。

68. 多杀多：普遍认为股价要上涨，于是纷纷买进，然而股价未能如期上涨时，竞相卖出，由此造成股价大幅下跌。

69. 场内交易：在证券交易所内进行的证券买卖活动。

70. 场外交易：在交易所以外市场进行的证券交易的总称，也称为"柜台市场"、"第三市场"或"第四市场"。

作者根据多方面资料整理。

➡ 投资箴言（众说纷纭）：

一家公司真正重要的是创造现金的能力而不是盈余。

通过基本价值寻找被低估的股票，依据长期获利能力与股利分配水准来评估投资与否。

第3章　总结篇

只有善于思考和总结的人，才能获得最大的收获与提高。

成长在于积累。笔记是积累的一种方式，这种方式最笨，也最聪明。它记录了你的发现，你的成长，你的感悟。把它们收集起来，这是你的财富，也是你永久的珍藏。

3.1　开篇语

竞赛的过程是热闹的，但真正的收获与提高是在竞赛后的总结和交流。经过了4周(或2周)的证券模拟实战对抗，及时认真地进行总结、反思是必要的。赢要知道赢在哪里，输也要知道输在何处。不知道赢在哪里不是真正的赢，只能说是瞎猫碰上了死耗子。赢者也会有失误的地方，输者也会有精彩的地方。只有能挖掘出成败背后的原因才是真正的赢家。如果受训者能在实战对抗的基础上，进行深刻的反思与总结，不仅知道赢在哪里还知道为什么会赢，不仅知道输在何处还知道为什么会输，这样无论是赢家还是输家，其实都是赢家，都学到了知识和技能，获得了提升和发展。

竞赛从来都不是目的，通过竞赛使大家都进行了最大限度的发挥，得到了最大程度的锻炼，这才是最有价值的。从这个角度来说，只要你尽了最大的努力，不管你赢了，还是输了，你都是赢家。竞赛带给我们的是启迪，是思考，是发现自己。只有实践才能真正检验我们学到了什么，才能真正跨越自己。

经过前面的学习和竞赛，你肯定有很多的感想，知识和技能也装了一箩筐，虽然可能仅仅是知识点和基本技能。你也可能会有些许遗憾，因为你总是匆忙行动而顾不上运用你刚学到的知识，或是想当然地认为应该怎么做而忽略了基本分析或技术分析，致使竞赛出错或是竞赛失利；你可能会有一个小小的愿望：假如我们可以重新再来……

那么，就开动你的脑筋，拿起你的纸笔进行反思和总结吧！

本书另外在网上(http://www.tup.com.cn)提供了3篇阅读文章，供参训者总结提高时参考。它们分别是"理财新思维：奔向财务自由"、"如何使你的财富有效增值"和"家庭投

➡ 投资箴言(众说纷纭)：

　市场确实没有效率可言，却处于一个持续向有效率移动的过程。
　买进绩优股之后只持股的菜鸟，即使不卖弄什么花招，赚的钱也会比大部分高明的投资人多。
　只要在适当价格买入稳定且持续成长获利的公司股票，投资报酬率必然指日可期。

资漫谈"。

3.2　受训者日记

成长在于积累，笔记是积累的一种方式，这种方式最笨，也最聪明。它记录了你的发现，你的成长，你的感悟。把它们收集起来，这是你的财富，也是你永久的珍藏。在这里你可以将在模拟对抗过程中遇到的而前面的表格又没有反映出来的重要信息记录下来。

（不够可另加附页）

3.3　对实盘操作的再思考

证券交易的目标是"赢利"，即如何利用有限的资金获得更多的投资回报。那么，我们不妨从如何获得更多的投资回报入手对实盘操作进行再思考。

1. 我们投资取得成功，投资成功的地方在哪里？

2. 投资成功的经验是什么？

3. 我们投资为什么失败？

4. 投资失败的地方在哪里？失败是怎样造成的？

（不够可另加附页）

3.4　改进工作的思路

1. 技术面分析

（1）简述如何更好地运用"K 线理论"。

（2）简述如何更好地运用"切线理论"。

（3）简述如何更好地运用"形态理论"。

（4）简述如何更好地运用技术指标等技术分析方法。

2. 基本面分析

（1）宏观经济分析（经济周期、利率、汇率、财政和货币政策等）。

（2）行业分析（所属行业类型、行业周期等）。

（3）公司分析（基本素质分析和财务状况分析）。

（不够可另加附页）

3.5 受训者总结

受训者总结提纲

1. 简要描述所在团队证券模拟实战对抗状况。

2. 分析所在团队成败的关键。

3. 总结所担任角色的得失。

（不够可另加附页）

3.6　实战对抗竞赛总结与交流

　　学习别人的长处,弥补自己的不足。各组派代表进行实战对抗总结交流,不一定是投资经理进行总结,每个人都要准备进行总结发言,同时允许个别发言作为补充。

(不够可另加附页)

3.7 指导教师的点评与分析

记录：

阅读材料 3-1

三种典型技术分析理论

一、K 线理论

K 线理论发源于日本,是最古老的技术分析方法。K 线是一条柱状的线条,由影线和实体两部分组成。在实体上方的影线叫上影线,在实体下方的影线叫下影线。实体又分阳线和阴线两种,一条 K 线可体现一种股票一天内的 4 个价格:开盘价、最高价、最低价和收盘价。

1. 看 K 线三法

看 K 线的方法大致可归纳为简单的三招,即一看阴阳;二看实体大小;三看影线长短。

"一看阴阳":阴阳代表趋势方向,阳线表示将继续上涨,阴线表示将继续下跌。以阳线为例,在经过一段时间的多空拼搏,收盘高于开盘表明多头占据上风,根据牛顿力学定理,在没有外力作用下价格仍将按原有的方向与速度运行。

"二看实体大小":实体大小代表内在动力,实体越大,上涨或下跌的趋势越是明显,反之趋势则不明显。以阳线为例,其实体就是收盘高于开盘的那部分,阳线实体越大说明上涨的动力越足,即阳线实体越长,越有利于股价上涨。

"三看影线长短":影线代表转折信号,向一个方向的影线越长,越不利于股价向这个方向变动,如上影线通常代表卖方压力,越长,压力越大,越不利于股价上涨。还有上、下影线长短的对比:上影线长于下影线,有利于空方;下影线长于上影线,有利于多方。

2. K 线的主要形状

光头阳线和光头阴线:这是没有上影线的 K 线。

光脚阳线和光脚阴线:这是没有下影线的 K 线。

光头光脚的阳线和阴线:既没有上影线也没有下影线的 K 线。

十字形:收盘价与开盘价相同时,就会出现这种 K 线,特点是没有实体。

T 字形与倒 T 字形:既没有实体,也没有上影线或者没有下影线的 K 线。

一字形:这是一种非常特别的形状,它的 4 个价格都一样。

3. 典型 K 线组合形态

5 种经典 K 线组合形态——三川、三空、三法、三兵、三山。与股价波段循环周期相结合,这是研判 K 线组合形态时最重要的一个原则。

1) 三川

三川是指以三根 K 线的排列状况,作为判断行情涨跌的依据。因其排列模样酷似"川"字而得名。

(1) 两包型:中间那一根 K 线,被左方及右方的 K 线完全包覆。

➡ **投资箴言(众说纷纭):**

如果某样东西大受推崇,它通常已无价值;保证赚钱的东西,往往变成保证赔钱的东西。

投资人是买股票,不是买整个股票市场,因此最好把注意力放在个别股票和企业上。

市场头部和底部是极端情绪下的产物,它们超越所有理性的预期。

① 两红夹一黑:上涨信号。出现在下跌趋势中,暗示股价会暂时止跌或形成底部;出现在上升趋势中,暗示股价会继续上涨。

② 两黑夹一红:下跌信号。出现在上升趋势中,暗示股价会回档或形成头部;出现在下跌趋势中,暗示股价会继续下跌。

(2) 小川型:反转信号,形态外观像一个"小"字,夹在中间的那根 K 线,把左右两根 K 线完全包覆起来。

在波段底部出现的小川型,其中间的 K 线大多为阳线,可视为股价向上反转的信号;在波段头部出现的小川型,其中间的 K 线大多为阴线,可视为股价向下反转的信号。

2) 三空

所谓跳空,是指相邻两天的价格缺少连贯性,其中有一段价位没有交易记录,在图形上出现一个空白区域,即缺口。三空是指三类缺口:①突破缺口;②中间缺口;③衰竭缺口。一般只有极强或极弱的股票才会产生"三空"走势。

注意:"三空"完成之后股价并非立即反转,而是减速前进一段距离之后才形成头部或底部。

3) 三法

三法是酒田战法中最常见的、最准确的一种形态。其形态特征为:①左方的阳线或阴线,完全(或基本)包覆右方的三根小 K 线;②右方的小 K 线其阴阳没有特别限制,其数量至少要有 3 根,常见的还有 4 根、5 根;③所有的 K 线都可以带上、下影线。

上升三法和下跌三法只有出现在上升中途或下跌中途才有作用,它代表股价急涨或急跌后的短暂休息,之后股价将续涨或续跌。

出现三法后的涨跌幅,大约与其前一段的涨跌幅相当。一般以"标准三法"所引发的涨跌幅较大。

就形态学而言,在突破或跌破"颈线"的初期也常出现"三法"走势。

4) 三山

三山即形态学里的"头肩顶"及"头肩底"。

5) 三兵

三兵指三根 K 线排列在一起,像放哨的卫兵。

(1) 红三兵:三根小阳线,递升排列。

出现"红三兵"的行情一般是看涨的。

在波段的高点附近,可能出现"红三兵受阻"的现象,暗示买方力道已经用尽,股价即将反转下跌。

(2) 黑三兵

上黑三兵:三根小阴线,其高点一个比一个高,被喻为"三只乌鸦"。倘若出现在波段高

▷ 投资箴言(众说纷纭):

最安全的投资技巧,是在市场预测低迷时买低市盈率的股票。

如果你没有持有一种股票10年的准备,那么连10分钟都不要持有这种股票。

市场的供给和需求创造了无效率的投机价格。

点附近,意味着股价将见顶回落。

下黑三兵:三根小阴线,一底比一底低。一般暗示股价将持续下跌。若股价已经持续下跌(特别是急跌)一段时间后,"下黑三兵"通常暗示卖方力量衰竭,股价随即止跌的机会大增。

二、切线理论

切线,是按一定方法和原则在由股票价格的数据所绘制的图表中画出一些直线,然后根据这些直线的情况推测股票价格的未来趋势。这些直线就叫切线。切线主要是起支撑和压力的作用。

1.趋势分析

简单地说,趋势就是股票价格的波动方向,或者说是股票市场运动的方向。若确定是一段上升或下降的趋势,则股价的波动必然朝着这个方向运动。趋势方向主要有三个:①上升方向;②下降方向;③水平方向,也就是无趋势方向。

如果图形中每个后面的峰和谷都高于前面的峰和谷,则趋势就是上升方向。这就是常说的,一底比一底高。如果图形中每个后面的峰和谷都低于前面的峰和谷,则趋势就是下降方向。这就是常说的,一顶比一顶低。如果图形中后面的峰和谷与前面的峰和谷相比,没有明显的高低,几乎呈水平延伸,这时的趋势就是水平方向。

按道氏理论的分类,趋势分为三个类型。

(1) 主要趋势:是趋势的主要方向,投资者需要弄清楚。

(2) 次要趋势:在主要趋势运行过程中进行的调整。

(3) 短暂趋势:在次要趋势中进行的调整。

这三种类型趋势的最大区别是时间的长短和波动幅度的大小。

2.支撑线和压力线

支撑线又称为抵抗线。当股价跌到某个价位附近时,股价停止下跌,甚至有可能还有回升。这个起着阻止股价继续下跌或暂时阻止股价继续下跌的价格就是支撑线所在的位置。

压力线又称为阻力线。当股价上涨到某价位附近时,股价会停止上涨,甚至回落。这个起着阻止或暂时阻止股价继续上升的价位就是压力线所在的位置。

支撑线和压力线的作用是阻止或暂时阻止股价向一个方向继续运动。同时,支撑线和压力线又有彻底阻止股价按原方向变动的可能。支撑线和压力线图示可参见图3-1。

一条支撑线如果被跌破,那么这个支撑线将成为压力线;同理,一条压力线被突破,这个压力线将成为支撑线。这说明支撑线和压力线的地位不是一成不变的,而是可以改变的,条件是它被有效的足够强大的股价变动所突破。

3.趋势线与轨道线

切线理论主要是提供股价波动可能存在的支撑线与压力线,其中包括趋势线与轨道线、

▶ **投资箴言(众说纷纭):**

投资成功的两大关键,一是持股多元化,二是不管市场如何波动,都要坚守立场。

成功投资所需要的,只是分析今天事实的普通常识以及执行你的信念。

价值投资的关键不仅仅在于寻找便宜货,而且还要判断它们是否有翻身的一天。

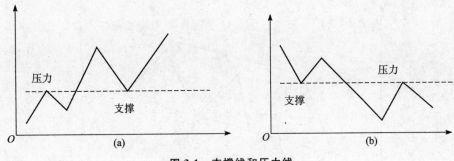

图 3-1　支撑线和压力线

黄金分割线与百分比线、江恩角度线等。其最注重的是"顺势而为"。趋势线与轨道线是其中最重要也是最简单的两种,用一把直尺便能知悉股市冷暖,把握涨跌趋势。

趋势线如图 3-2 所示,是衡量价格波动的方向的,由趋势线的方向可以明确地看出股价的趋势。在上升趋势中,将两个低点连成一条直线,就得到上升趋势线。在下降趋势中,将两个高点连成一条直线,就得到下降趋势线。要得到一条真正起作用的趋势线,要经多方面的验证才能最终确认。首先,必须确实有趋势存在。其次,画出直线后,还应得到第三个点的验证才能确认这条趋势线是有效的。

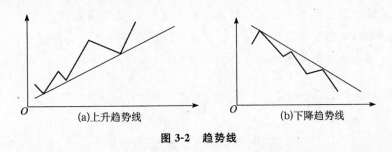

图 3-2　趋势线

轨道线如图 3-3 所示,又称通道线或管道线,是基于趋势线的一种方法。在已经得到趋势线后,通过第一个峰和谷可以作出这条趋势线的平行线,这条平行线就是轨道线。两条平行线组成一个轨道,这就是常说的上升和下降轨道。轨道的作用是限制股价的变动范围,股价往往在轨道中运行。对上面的或下面的直线的突破将意味着有一个大的变化。与突破趋势线不同,对轨道线的突破并不是趋势反向的开始,而是趋势加速的开始。轨道线的另一个作用是提出趋势转向的警报。

从趋势线的时效性来看,没有永远有效的趋势线,推陈出新,长江后浪推前浪,旧趋势线被打破之后,新趋势线将诞生。从趋势线的作用来看,趋势线的支撑与压力是辩证的,一旦被有效突破,其原来作用将相互转换,即支撑线变压力线,压力线变支撑线。从突破有效确认角度来看,突破后还需回抽,从而考验突破有效性。

在上升通道中,上升趋势线为下轨起支撑作用,轨道线为上轨起压力作用;在下降通道中,下降趋势线为上轨起压力作用,轨道线为下轨起支撑作用。

三、形态理论

形态法是根据过去一段时间内股票价格走过轨迹的形态来预测股票价格未来趋势的方

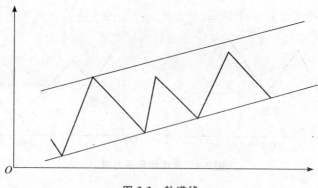

图 3-3　轨道线

法。著名的形态有头肩顶(底)、M 头、W 底等十几种。

1. 头肩顶

头肩顶(图 3-4)是重要的头部反转形态,完成的时间至少要 4 周以上,形成 5 次局部的反向运动,即至少应有 3 个高点和 2 个低点。其形成过程为:伴随巨大的成交量,市场表现出爆发性上涨特征,当达到某一高度时出现缩量回调,形成左肩;不久便再度上涨并越过前一高点,阳极而阴生,由于不能有效地放量或低于左肩的水平,之后回落至上次企稳处附近,形成头部;随后股价又一次涨升至左肩顶点左右无力上攻,成交量也明显减少,形成右肩;头肩顶雏形基本形成,市场转折已近在眼前。在跌破颈线之后往往会有回抽过程,颈线支撑变成压力,回抽过程为头肩顶形态的逃命点。

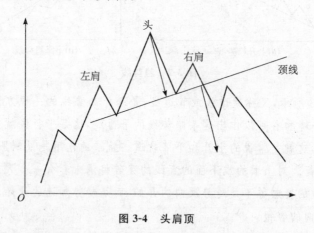

图 3-4　头肩顶

实战中还需注意以下几点。

(1) 头肩顶末期的指标超卖信号大多是多头陷阱。由于头肩顶发展到右肩或向下破位时,整个头部区域变成较大的整理区,因此 KDJ、RSI 等指标往往在弱势区内运行,这时不要迷恋于指标,因为股价略有回抽,指标就能被修复,从而为进一步暴挫腾出较大的空间。

▶ 投资箴言(众说纷纭):

能让你赚最多钱的股票,就是在空头市场时买的。

效率市场假说的重点是股价在任何时刻皆被正确的定价,但是实际上,股价可以涨或跌到你无法想象。

近似疯狂的贪婪是造成过去每一次投机热潮的主要特质。

图 3-4 中大盘在回抽颈线时的短暂反弹就修复了超卖的 KDJ。

（2）头肩顶属于可靠的反转形态，失败的情形较为罕见。不过头肩顶有时也会充当持续形态，演变成喇叭形或矩形，颈线被有效跌破的确认将十分重要。

（3）借助均线的辅助研判作用。头肩顶的构筑过程表现为箱体震荡，短中长期均线在右肩时往往会聚集在一起，合久必分，随着股价的回落，向下发散的均线系统会形成死亡交叉。

（4）实战中有时会出现一头多肩或多头多肩的形态，虽较为复杂，但万变不离其宗，其实质仍为头肩底。

2. 头肩底

头肩底（图 3-5）即酒田战法中的"三山"，是重要反转形态，完成的时间至少要 4 周以上，包含"左肩—头—右肩—突破—回抽"5 个步骤。其理想的形成过程为：在长期下跌过程中，暂时因跌深获得支撑而反弹，形成了左肩；但屋漏偏逢连夜雨，左肩开始的反弹至颈线时，出现新的下跌形成新的低点，即头部；阴极而阳生，从头部开始成交量逐步增加，股价也逐渐回暖，直到涨至颈线位受阻后形成右肩；随着右肩的形成，头肩底雏形初步确立，多头开始大胆涌入并推高股价，突破颈线时伴随着较大的成交量；在突破之后往往会有回抽颈线的过程，颈线压力随即变成支撑，回抽就是为了测试颈线的支撑力度，为头肩底的最佳买入点。

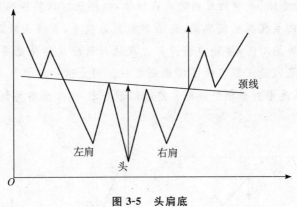

图 3-5　头肩底

实战中需注意以下几点。

（1）头肩底形成后中长期底部的构筑已大功告成，但不能据此就认定该股是强势股，头肩底初期的爆发力并不强，一般维持着慢牛走势。但是由于有坚实的底部支撑这个大靠山，其持续上涨的动力相当强，往往成为多头的航空母舰，为刚刚走出雪崩式暴挫后极佳的选股形态。

➡ **投资箴言（众说纷纭）：**

价值投资理论一定是没有错的，但价值投资的时间是不是像想象的那样能迅速赚钱？如果这样想，想赚快钱，那你内心也是投机的心态，所以做价值投资也要算好账，要忍受价格中间向下的波动，甚至要有长时间和它抗战的精神，如果没有，你说去做价值投资，实际上也是在做投机，如果是投机心态做的，套住就不会信价值投资理论了。

价值 10 元的东西，20 元已经高估，可市场先要疯炒到 200 元，那你说 20 元是高是低？

（2）头肩底属于可靠的反转形态，失败的情形较为罕见，即使真的出现失败形态，也离真正见底为期不远。有时头肩底也会充当持续形态，其实质当属旗形整理的变种。所幸的是头肩整理的方向预示性更为明确，无论在涨势或跌势中，成交量均呈萎缩态势，因此要密切关注成交量的变化。

（3）实战中往往会出现一头多肩或多头多肩的形态，虽较为复杂，但万变不离其宗，横有多长，竖有多高，持续时间越长，其理论升幅也越具爆发力。较为多见的是复合头肩底，即左、右肩不是一个，而是两个，不过从更大的角度看其实质仍为头肩底。

3. 双重顶和双重底

双重顶（图3-6）是形态学中重要的头部形态之一，形状类似于英文字母M，所以又称为M头。其形成过程为，股价持续上升为多头带来利润，多头于是开始沽售，当股价回落到某水平时，吸引了短线客的兴趣，于是行情开始恢复上升。股价往往在超过前一波高点时或在前一波高点附近时再度下跌，先知先觉与不知不觉者金蝉脱壳，形成M头。

从波浪理论来看，M头实质上就是失败的第五浪。左顶形成就是波浪中的第三浪上攻，随后的下跌就是第四浪回调，右顶形成就是第五浪上攻，五浪结束空头市场开始。艾略特认为上升推动浪必定是一浪高于一浪，因此第五浪高于第三浪高点的概率相当高。也有失败的时候，当第五浪未能抵达或者超越第三浪高点时，称为失败的第五浪。当出现这种情况时，暗示市场并不如预期的强劲，无法达到理想升幅。

"物极必反，否极泰来"是事物发展的内在规律，也是底与顶转换的市场规律。每次大跌之后，必须经历漫长的寻底探底筑底期，经历多空充分换手，新多头默默积累足够的底部筹码，并彻底修复整个市场心态，才能重拾升势。双底与三底反转是重要的底部反转形态，而在单底、双底或三底买入是江恩实战买卖规则之一。因此这一貌似简单的形态仍值得我们学习与运用。双重底是形态分析中最重要的底部形态之一，其形态类似于字母W，因此又称为W底（图3-7）。

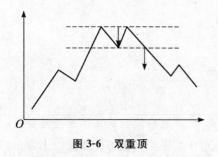

图3-6 双重顶

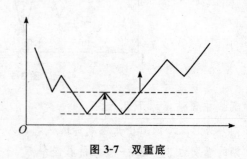

图3-7 双重底

4. 圆弧形

圆弧形又称为碟形、圆形、碗形等，图中的曲线不是数学意义上的圆，也不是抛物线，而

➡ 投资箴言（众说纷纭）：

发现优秀企业，在合理价格购得股权，与企业共同成长，中长期投资，以获取分红和资本利得。

重点关注发展前景广阔、管理制度完善、商业盈利模式清晰、经营稳健、主营收入和利润未来增长稳定、财务结构优良、市场特性活跃、主要产品在其行业具龙头地位或最具竞争力的企业。

他（巴菲特）在数学方面很有天赋，但是，他真正的天分是对经济价值方面的感知能力。

仅仅是一条曲线。将股价在一段时间内的顶部高点用曲线连起来,得到类似于圆弧的弧线盖在股价之上,称为乌云罩顶的圆弧顶(图 3-8);将每一个局部的低点连在一起也能得到一条弧线,托在股价之下,称为一网打尽的圆弧底(图 3-9)。

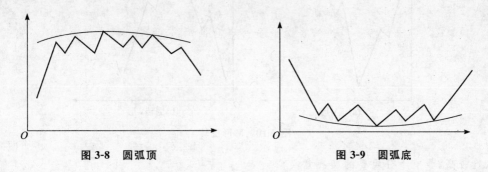

图 3-8 圆弧顶   图 3-9 圆弧底

圆弧顶在中级头部形态中是比较少见的一种,由于形成的时间较长,其在形成过程中不易辨认。当圆弧顶头部确认后,股价下跌的幅度会较大,而且较难出现反弹离场的时机。

圆弧底由于其反转的高度深不可测,是一个绝好介入机会。圆弧底的形成过程中,两头的成交量多,中间少,不过在达到底部时,成交量可能会突然大一下,之后恢复正常。

此外还符合一条右侧吞没的原则,即以圆弧的中心点为界,右侧的成交量水平要明显地超过其对称左侧的成交量水平,这是一条确认底部将形成反转的条件,否则这个圆弧可能只是一种假象。此外,在日 K 线图上形成比较规则并可以分辨的圆弧底的情况非常少,在周 K 线图上反倒可以看得清楚一些,因此实战中往往用周 K 线进行研判。

5. V 形反转

V 形是实战中比较常见的、力度极强的反转形态,往往出现在市场剧烈波动之时,在价格底部或者顶部区域只出现一次低点或高点,随后就改变原来的运行趋势,股价呈现出相反方向的剧烈变动(见图 3-10)。可分为三类。

(1) 正 V 形,是指在持续下跌到相对低位后,突然急速回升,在图形上出现一个正 V 字形[见图 3-10(a)]。

(2) 倒转 V 形,是指与正 V 形走势相反的形态,当股价一路上升到达相对高位后,突然呈 180°大转变掉头急速下跌,在图形上形成一个倒转 V 字形[见图 3-10(b)]。

(3) 伸展 V 形,是指正 V 形或倒转 V 形走势形成之后,横向波动一段时间,然后再继续其 V 形走势,实战中通常所指的 V 形大多是这种。

V 形反转的出现一般没有事先的征兆,并且是一种失控的形态,在应用时要特别小心。不过形态完成后潜能相当惊人,所达到的上升或下跌幅度也不可测算,但转势一经形成,可

投资箴言(众说纷纭):

不要被别人的言论所左右。

简单和永恒正是巴菲特从一家企业里挖掘出来并珍藏的东西。作为一名矢志不渝的公司收购者,巴菲特喜欢收购企业,不喜欢出售企业,对那些拥有大型工厂、技术变化很快的企业通常退避三舍。

巴菲特是在经济困难时期以低廉的价格收购企业,然后长期持有。巴菲特持有许多投资品种时间长达数年、数十年,经历了经济景气和不景气时期,直至迎来辉煌灿烂的那一天。

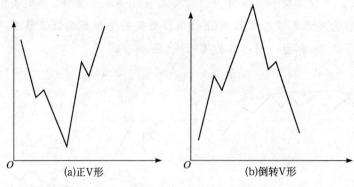

图 3-10　V 形反转

确认性较高,具有十分重要的实战意义。

关于把握 V 形反转机会要注意以下几点。

(1) 涨跌幅度。一般来讲短期内涨跌幅度越大、动力越强,出现 V 形反转的可能性也越强,超过 5% 以上的巨阳或巨阴往往成为很好的配合证据。

(2) 价量配合。正 V 形反转在转势时成交量要明显放大,价量配合好,尤其转势前后交投的放大,实际上是最后一批杀跌盘的涌出和先知先觉接货造成的;倒转 V 形反转对成交量没有强制要求,不过其转势前成交量往往也会暴增,实际上意味着多头力量已成强弩之末,买盘后继无力了;而伸展 V 形的价量要求则与伸展前的 V 形性质相同。

(3) 结合中长期均线进行研判。均线具有显著的判断趋势运行的功能,借助 20 日、30 日和 120 日均线,可较准确把握 V 形反转的两次大机会,一般可采用 20 日均线。当股价第一次突破 20 日均线时,虽不能明确 V 形反转能否确立,但这却是激进的做多或做空信号,一旦出现第二次突破 20 日均线,基本上可以确认反转趋势的确立,这是稳健的做多或做空信号。

(4) 实战中伸展正 V 形的横向波动为较好的介入时机,既安全又有效,股价第二次突破 20 日均线为较好的短线介入点。同时股价横向波动的相对位置也十分重要,如在前期高点之上横盘,预示主力有极强的控盘能力,向上动力强;如在前期高点附近上下波动,则向上动力相对较弱。此外横盘持续时间也十分重要,一般而言横盘越久,向上力度也越小。实战中要加以品味与区分。

6. 对称三角形

对称三角形,又称为正三角形或敏感三角形,一般为整理形态,股价在经过一段猛烈的上涨或下跌之后进入横盘整理,股价在两条逐渐聚拢的趋势线中越盘越窄,其变动幅度逐渐缩小。也就是说,每次变动的最高价低于前次的水准,最低价比前次水准为高,形成一个由

▷ 投资箴言(众说纷纭):

格雷厄姆的投资策略要求投资组合必须由百种以上的股票构成。他这样做的目的是为了防止某些企业或股票不盈利的可能性。

从企业前途投资。

巴菲特在很多方面所采用的方法和华尔街贤人哲士们采用的方法很不一样,甚至截然相反。

左向右的收敛三角形。从横的方向看股价变动,其上限为向下斜线,下限为向上倾线,把短期高点和低点分别以直线连接起来,上升的斜率和下跌的斜率是近似相等的,就形成对称的三角形。

对称三角形反映多空双方的力量在该价格区域内势均力敌,形成一个暂时平衡的状态。股价从第一个短期性高点回落,但很快地便被多头所消化,推动价格回升;但多头实际上对后市没有太大的信心,或对前景感到有点犹疑,因此股价未能回升至上次高点又告掉头,再一次下跌。

在下跌阶段中,沽售的空头不愿以过低价格贱售或对前景仍存有希望,所以回落的压力不强,股价未跌到上次的低点便又告回升,多空双方的观望性争持使股价的上下小波动日渐缩窄,形成了此形态。这时如有一种力量加入多方或者空方,天平将马上会产生倾斜,经常是一种外力引发三角形向上或向下突破,突破方向产生后,宣告对称三角形态结束。

实战的操作技巧如下。

(1) 颈线。对称三角形必须有两条聚拢的直线,即颈线。上面的颈线向下倾斜,起压力作用;下面的颈线向上倾斜,起支撑作用。要求股价在两条直线内应有至少 4 个以上的转折点,即 2 个短期高点和 2 个短期低点,股价向上遇到颈线后掉头向下,遇到下面的颈线后掉头向上。

(2) 突破。对称三角形的突破不一定发生在顶点位置,实际上越接近顶点位置,突破的力量越小,股价将来的力度也越弱。通常突破压力和支撑的两条颈线的位置一般应在三角形横向宽度的 1/2～3/4 的位置,这种突破后的力度较大;否则在三角形尾端才突破时,其力度会消失。

(3) 成交量。在对称三角形成的过程中成交量不断减少,反映出好淡力量对后市犹疑不决的观望态度,使市场暂时沉寂。一般向上突破必须有成交量的配合,即带量突破、快速上升,突破后的回抽确认是买进时机;向下突破不需要成交量的配合,但突破之后要有补量的过程,这是后知后觉者在大势已去时被动斩仓所致。

有一点必须注意,假如对称三角形向下跌破时有极大的成交量,可能是一个错误的跌破信号,股价在跌破后并不会出现快速回落;倘若股价在三角形的顶端跌破,且有高成交的伴随,情形尤为准确,股价仅下跌一两个交易日后便迅速回升。

(4) 假突破。与其他形态一样,对称三角形也存在假突破的问题。虽对称三角形大部分是属于整理形态,不过亦有可能在升市的顶部或跌市的底部出现。根据统计,对称三角形

➡ **投资箴言(众说纷纭):**

只有具备良好的企业经济状况的股票才值得投资,并且,永不卖掉好的企业。

巴菲特并不害怕会泄露自己成功的秘密,但正像一个优秀厨师在谈论自己最拿手的好菜时,总会漏掉一两样配料,巴菲特也不例外。巴菲特是个异常聪明和具有竞争力的人,他不会泄露秘密。他总是认为,投资领域既很广阔又很狭小,必须认真细致地加以考虑和防范。他只和家人和自己圈内的人谈论投资哲学的细节问题。对于其他人,他仅仅讲一点珍闻奇事。他曾经宣称,格雷厄姆的《证券分析》是关于投资方面最好的书,但他不会告诉你,格雷厄姆的理论并不是他唯一信奉的理论。格雷厄姆只是打下了基础,还不是大厦本身。

中大约 3/4 属整理形态,而余下的 1/4 则属转势形态。一般情形下,对称三角形股价会继续原来的趋势移动。只有在股价朝其中一方明显突破后,才可以采取相应的买卖行动。如向上放量冲破阻力,是一个短期买入信号;反之缩量往下跌破支撑,是一个短期沽出信号。深科技在上升途中构筑对称三角形,因此突破后的方向是继续上攻。

(5) 回抽。在突破后可能会出现短暂的回抽确认,上升的回抽止于高点相连而成的颈线,下跌的回抽则受阻于低点相连的颈线之下,倘若股价的回抽大于上述的位置,则说明形态突破的可能有误。

(6) 量度升(跌)幅。对称三角形突破后量度升跌幅一般有两种方法:一是测出三角形最宽部分的高度,然后从突破点算起,量出相等的距离,即最小的升跌幅;二是从三角形转折点中找到那个最高的波峰或最低的波谷,画一条平行于三角形下或上颈线,突破点到这条平行线的垂直高度就是最小价格目标。两者的量度幅度是不相等的,前者是固定数字,后者是不断变动的数字,一般使用前者较多。

(7) 谨防主力骗线。当投资者都掌握了投资技巧后,主力有时会逆向操作,先来假突破,在你卖出或买进股票时,股价却又向相反的方向快速发展。有经验的投资者一般是在突破时买进或卖出,这样做虽然减少一部分利润,但成功率却大大提高了。主力骗线主要有:向下跌破颈线时成交量放大,可能为假突破;对称三角形形态内的成交量呈现忽大忽小的不规则状时,其向上突破往往也为假突破。

7. 上升三角形

三角形形态千变万化,难以捉摸,既可属反转突破形态,也可属持续整理形态,其中分为4类:对称三角形、上升三角形、下降三角形和喇叭三角形(独立定为喇叭形)。

上升三角形是对称三角形的变形体,是整理形态中最强势的上升中途整理形态,从统计角度来看多数将向上突破。其高位区基本在同一水平区域,股价反复地冲击这一压力区,表明市场积极攻击该区域以消化压力,主力收集筹码做多意愿极为强烈。在形态的多次回调中最明显的特征是低位逐步上升,究其原因源于市场对其看好而在回调中积极吸纳,反映出主力惜售而不愿打压过深以免丢失筹码的心理。可见上升三角形具备进攻时积极、回防时惜售的特征,其图形如箭在弦,有呼之欲出的感觉。

实战中需注意以下几点。

(1) 上升三角形作为上升中继形向上突破概率极大。因为如果股价原有的趋势是向上的,在遇到上升三角形后,几乎可以肯定是向上突破的,一方面要保持原有的趋势,另一方面形态本身就有向上的动力。

(2) 如果原有的趋势是下降的,在出现上升三角形后,该趋势判断起来有点难度,一方要继续下降,保持原有的趋势,另一方要上涨,两方必然发生争执。如果在下降趋势处于末

➡ **投资箴言**(众说纷纭):

成功的艰难不是在于一次两次的暴利,而是持续的保持。

设立一个长期可行的方案持之以恒地去做,成功会离我们越来越近。

致力于投资成长行业中最具竞争力的公司和价值被市场低估的稳定增长企业,以求取得最低风险下的最大收益。

期时,出现上升三角形还是以看涨为主,这时上升三角形就成了反转形态的底部。

(3)上升三角形失败的可能性仍存在,在假突破或以失败而告终时,股价会重新跌回至上升三角形形态内的低点附近,形态将修正为水平的箱体形态或小角度的上升通道,从而以逸待劳,重新盘整,并酝酿下一波行情,因此从短线操作来看股价在跌破颈线位时可先止损出局。

8. 下降三角形

下降三角形是对称三角形的变形,与上升三角形恰好相反,空头显得相当急迫,但由于多头在某特定的水平出现稳定的购买力,因此每回落至该水平便告回升,造成颈线支撑线成一水平线;同时由于市场的沽售力量在不断加强,空头要求卖出的意愿越来越高涨,不断降低卖出委托的价格,造成连接波动高点的颈线压力形成由左向右下方倾斜的供给直线。

下降三角形是好淡双方在某价格区域内的较量表现,然而好淡力量却与上升三角形所显示的情形相反。看淡的一方不断地增强沽售压力,股价还没回升到上次高点便再沽出,而看好的一方坚守着某一价格的防线,使股价每回落到该水平便获得支持。从这个角度来看,此形态的形成亦可能是主力在托价出货,直到货源沽清为止。目前市场中有许多投资者往往持有股价多次触底不破且交投缩小为较佳买股时机的观点,其实在空头市场中,这种观点相当可怕,雪上加霜的下降三角形正是说明这一点。

事实上,下降三角形在多空较量中形成买方的股票需求支撑带,即一旦股价从上回落到这一价位便会产生反弹,而股价反弹后便又遇卖盘打压,再度回落至买方支撑带,再次反弹高点不会超前一高点,卖方的抛压一次比一次快地压向买方阵地。这种打压—反弹—再打压的向下蓄势姿态,逐渐瓦解多方斗志,产生多杀多情况,预示多方阵线的最终崩溃。

阅读材料 3-2

三种主要技术指标

指标技术分析是运用统计或数学计算的方法,从已经发生的事件(数据)中找出股市运行的一般规律,然后用这一规律去预测股市未来的运行方向,并用图形表示出来的一种技术分析方法。在指标技术分析的应用中,主要有如下法则:

(1)指标的背离;

(2)指标的交叉;

(3)指标的高位和低位;

(4)指标的徘徊;

(5)指标的转折;

(6)指标的盲点。

➡ 投资箴言(众说纷纭):

你知道的所有事情中,具有重要性的事情只占很小一部分。

在你能力所及的范围内投资。关键不是范围的大小,而是正确认识自己。

投资多样化可以抵消无知的副作用。

一、市场趋势指标

市场趋势指标包括移动平均线(MA)和平滑异同移动平均线(moving average convergence divergence,MACD)等指标。

移动平均线是以道·琼斯的"平均成本概念"为理论基础,采用统计学中"移动平均"的原理,将一段时期内的股票价格平均值连成曲线,用来显示股价的历史波动情况,进而反映股价指数未来发展趋势的技术分析方法。它是道氏理论的形象化表述。

移动平均线依计算周期分为短期(如5日、10日)、中期(如30日)和长期(如60日、120日)移动平均线。移动平均线最为常用的是算术移动平均线。移动平均线通常与股价线一同使用。

移动平均线的运用法则(葛兰威尔八大法则)如下。

(1)平均线从下降逐渐转变为盘整或上升,而股价从平均线下方突破平均线,为买进信号。

(2)股价虽然跌破平均线,但又立刻回升到平均线上,此时平均线仍然持续上升,为买进信号。

(3)股价趋势走在平均线上,股价下跌并未跌破平均线且立刻反转上升,为买进信号。

(4)股价突然暴跌,跌破平均线,且远离平均线,则有可能反弹上升,为买进信号。

(5)平均线从上升逐渐转为盘整或下跌,跌破平均线,为卖出信号。

(6)股价虽然向上突破平均线,但又立刻回跌至平均线下,此时平均线仍然持续下降,为卖出信号。

(7)股价趋势在平均线下,股价上升并未突破平均线且立刻反转下跌,为卖出信号。

(8)股价突然暴涨,突破平均线,并远离平均线,且有可能反弹回跌,为卖出信号。

二、市场动量指标

市场动量指标包括威廉指标(WMS%)、随机指标(KDJ)、相对强弱指标(RSI)、能量潮指标(on balance volume,OBV)等指标。下面只对RSI和OBV指标进行介绍。

RSI应用法则如表3-1所示。

表 3-1　RSI 应用法则

取值区域	强弱	操作建议
80~100	极强	卖出
50~80	强	买入
20~50	弱	卖出
20~0	极弱	买入

➡ 投资箴言(众说纷纭):

如果你发现一家优秀的企业由一流的经理人管理,那么看似很高的价格可能并不算高。

计算内在价值没有什么公式可以利用,你必须了解这个企业。如果你在一生中能够发现3个优秀企业,你将非常富有。如果公司的业绩和管理人员都不错,那么报价就不那么重要。假如你有大量的内部消息和100万美元,一年之内你就会一文不名。

商学院重视复杂的过程而忽视简单的过程,但是,简单的过程却更有效。

OBV 指标的研判如下。

股市技术分析的四大要素为价、量、时、空。OBV 指标就是从"量"这个要素作为突破口，来发现热门股票、分析股价运动趋势的一种技术指标。它是将股市的人气——成交量与股价的关系数字化、直观化，以股市的成交量变化来衡量股市的推动力，从而研判股价的走势。能量潮指标的一般研判标准如下。

(1) 当 OBV 线下降而股价却上升，预示股票上升能量不足，股价可能会随时下跌，是卖出股票的信号。

(2) 当 OBV 线上升而股价却小幅下跌，说明市场上人气旺盛，下档承接力较强，股价的下跌只是暂时的技术性回调，股价可能即将止跌回升。

(3) 当 OBV 线呈缓慢上升而股价也同步上涨时，表示行情稳步向上，股市中长期投资形势尚好，股价仍有上升空间，投资者应持股待涨。

(4) 当 OBV 线呈缓慢下降而股价也同步下跌时，表示行情逐步盘跌，股市中长期投资形势不佳，股价仍有下跌空间，投资者应以卖出股票或持币观望为主。

(5) 一般情况下，当 OBV 线出现急速上升的现象时，表明市场上大部分买盘已全力涌进，而买方能量的爆发不可能持续太久，行情可能将会出现回档，投资者应考虑逢高卖出。尤其在 OBV 线急速上升后不久，而在盘面上出现锯齿状曲线并有掉头向下迹象时，表明行情已经涨升乏力，行情即将转势，为更明显的卖出信号。这点对于短期急升并涨幅较大的股票的研判更为准确。

(6) 一般情况下，当 OBV 线出现急速下跌的现象时，表明市场上大量卖盘汹涌而出，股市行情已经转为跌势，行价将进入一段较长时期的下跌过程中，此时，投资者还是应以持币观望为主，不要轻易抢反弹。只有当 OBV 线经过急跌后，在底部开始形成锯齿状的曲线时，才可以考虑进场介入，作短期反弹行情。

(7) OBV 线经过长期累积后的大波段的高点（即累积高点），经常成为行情再度上升的大阻力区，股价常在这区域附近遭受强大的上升压力而反转下跌。而一旦股价突破这长期阻力区，其后续涨势将更加强劲有力。

(8) OBV 线经过长期累积后的大波段的低点（即累积低点），则常会形成行情下跌的大支撑区，股价会在这一区域附近遇到极强的下跌支撑而止跌企稳。而一旦股价向下跌破这长期支撑区，其后续跌势将更猛。

三、市场人气指标

市场人气指标包括乖离率（BIAS）、心理线（PSY）、人气指标（AR）、买卖意愿指标（BR）、中间意愿指标（CR）等指标。

乖离率，简称 Y 值，是移动平均原理派生的一项技术指标，其功能主要是通过测算股价

➡ **投资箴言（众说纷纭）：**

任何不能持久的事物终将消亡。

市场的存在为我们提供了参考，方便我们发现是否有人干了蠢事。投资股票，实际上就是对一个企业进行投资。你的行为方式必须合情合理，而不是一味追赶时髦。

投资人最重要的特质不是智力而是性格。

在波动过程中与移动平均线出现偏离的程度,从而得出股价在剧烈波动时因偏离移动平均趋势而造成可能的回档或反弹,以及股价在正常波动范围内移动而形成继续原有趋势的可信度。乖离度的测试原理是建立在:如果股价偏离移动平均线太远,不管股份在移动平均线之上或之下,都有可能趋向平均线的这一条原理上。

下面是国外不同日数移动平均线达到买卖信号要求的参考数据。

(1) 6 日平均值乖离:-3%是买进时机,+3.5%是卖出时机。

(2) 12 日平均值乖离:-4.5%是买进时机,+5%是卖出时机。

(3) 24 日平均值乖离:-7%是买进时机,+8%是卖出时机。

(4) 72 日平均值乖离:-11%是买进时机,+11%是卖出时机。

➡ **投资箴言(众说纷纭):**

对一个优秀的企业来说,时间是朋友;但是对于一个平庸的企业,时间就是敌人。

如果没有什么值得做,就什么也别做。

对大多数从事投资的人来讲,重要的不是知道多少,而是怎么正确地对待自己不明白的东西。只要投资者避免犯错误,他/她没必要做太多事情。